KB059638

인
간
의

법
정

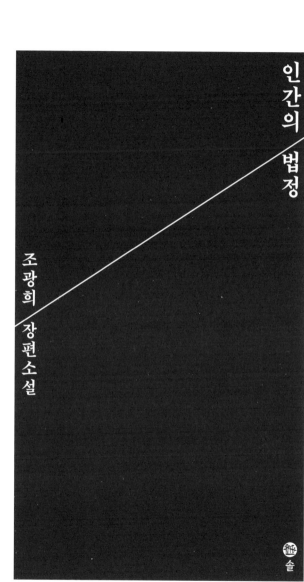

인간의 법정

조광희 장편소설

솔

차 례

1 | 7

2 | 17

3 | 26

4 | 34

5 | 40

6 | 56

7 | 70

8 | 84

9 | 89

10 | 99

11 | 110

12 | 116

13 | 128

14 | 141

15 | 149

16 | 157

17 | 175

18 | 185

19 | 208

20 | 213

21 | 222

22 | 233

작가의 말 | 245

1

윤표는 수면제를 먹을까 말까 망설였다. 지난 세기에 개발된 이 수면제는 중독을 비롯한 어떤 부작용도 없지만, 아프지도 않은데 약을 먹는다는 건 언제나 어색하다. 법원에서 양재동 집으로 오는 자율주행자동차에서 낮잠을 잔 것 때문인지 잠이 오지 않는다. 새벽 한 시에 잠자리에 들고 나서 한 시간은 충분히 흘렀을 것이다. 내일 아침 여섯 시 삼십 분에 공항으로 가는 드론을 타려면 늦어도 한 시간 전에는 일어나야 한다. 지금 바로 잠들어도 수면이 부족하다. 오랜만에 제주도에 가서 한라산 등반을 하려던 윤표는 피로한 상태로 토요일에 일어나는 것이 버겁게 느껴졌다.

휘파람을 불었다. 문이 열려 있는 침실 바깥에서 로봇

모모가 걸어온다. 키가 1미터를 겨우 넘는 모모는 대개 두 바퀴를 사용해 이동하지만, 밤 열 시 이후에는 조용히 걸어서 이동하라고 말해두었다. 침대 옆으로 다가온 모모가 차분하고 사무적인 목소리로 묻는다.

"불렀어요?"

"제주행 비행기를 취소해줘."

"출발하기 전 열두 시간 이내에는 85퍼센트만 환불해줍니다. 괜찮겠어요?"

"예전에는 95퍼센트를 환불해준 것 같은데?"

윤표는 고개를 갸우뚱한다.

"제주시가 동아시아연합의 수도가 되면서 변경됐습니다."

"알겠어. 취소해줘."

"잠이 안 오나 봐요. 수면제와 물을 가져다줄까요?"

"괜찮아. 일어나서 뉴스를 볼게."

거실로 먼저 나간 모모가 한 벽면의 절반을 차지한 디스플레이를 켜자 그 빛이 침실로 스며든다. 모모가 항공사의 로봇과 대화하는 소리가 들린다. 윤표도 일어나 거실로 나갔다. 모모는 윤표에게 탑승을 취소했다고 말하고, 거실 구석으로 걸어가 수면 모드에 들어간다. 윤표는 디스플레이로 24시간 뉴스 방송을 본다. 몇 년 전에 자취를 감춘 저명한 논리학자 안나 자오의 사진이 화면에 보인다.

중국계 영국인인 안나 자오는 케임브리지 대학에 다니던 열아홉 살 때 '괴델의 불완전성 정리'에서 영감을 얻는다. 자오는 '전자공학적으로 제조된 AI(인공지능)의 연산 속도가 아무리 빨라지고 효율적으로 기능해도, 그것만으로는 의식이 발생할 수 없다'(자오의 제1증명)는 것을 증명해 세상을 놀라게 했다. 이때 '의식'은 '자신이 연산을 하고 있다는 것을 스스로 알고 있다.'는 뜻의 의식을 말한다.

이십 대 중반에 통과된 자오의 박사학위논문은 양자컴퓨터의 도움을 얻어 '인간도 근본적으로 물질로 이루어진 존재이므로, 물질 일반에 적용되는 과학적 법칙에서 예외가 될 수 없다. 그러므로 인간의 사고와 감정과 행동이 과학적 인과관계를 벗어나서 인간 자신의 의지에 따라 독립적으로 전개되는 것은 불가능하다. 결국 인간에게 자유의지는 존재하지 않는다.'는 것을 증명하고, 다만, '양자역학이 밝힌 소립자 운동의 확률적 성질 때문에 인간의 사고와 행동을 미리 예측하는 것은 불가능하다.'는 것도 동시에 증명했다(자오의 제2증명).

　한창 왕성하게 활동하던 안나 자오는 몇 년 전 친구들에게 이렇게 이메일을 보냈다.

　"삶의 의미는 의식에게 선천적으로 주어지지 않지만, 개별적 의식이 스스로에게 삶의 의미를 부여할 수는 있다. 그러나 그 의미는 그 의식에게만 참이며, 다른 의식에게도 참인지 거짓인지는 논리적으로 결정될 수 없다. 즉, 인간은 각자 삶의 의미를 발견하고 실천하며 살아간다. 나는 지금까지 인류의 현실을 개선하는 데 학문적으로 이바지하는 것을 삶의 의미로 삼았다. 그런데, 발전할 만큼 발전했으면서도 여전히 탐욕을 버리지 못하는 인간들을 보면서, 인류의 현실을 개선하는 것에 더 이상 의미를 부여하지 못하고 있다."

　그 이후 자오는 종적을 감추었고, 온갖 음모론과 목격담이 매년 인플루엔자처럼 유행하고 있다.

　뉴스는 안나 자오가 덴마크령 그린란드에서 목격됐다는 소식을 보도한다. 작년에는 남태평양의 어느 섬에서 목격되었다는 보도가 있었다. 자오를 보았다는 소식은 잊을 만하면 들려오지만 한 번도 제대로 확인된 적이 없다. 자오는 22세기 버전의 UFO인 셈이다.

　윤표는 안나 자오의 소식 뒤에 이어진 일기예보를 본다. 디스플레이에서 달력을 열고 다음 주 일정을 확인한다. 다음 주 월요일은 법정공휴일이다. 유럽연합을 모델로 한국, 일본, 대만이 느슨하게 결합한 동아시아연합(East Asia Union, 약칭 EAU)의 수립 기념일이기 때문이다. 윤표는 제주의 부모님 집에서 연휴를 보낼 계획이었다. 부모님은 오스트레일리아 여행 중이라서 혼자 호젓한 시간을 가져볼까 했는데, 잠을 못 이루자 일정을 취소한 것이다. 막상 떠나려고 하니 귀찮기도 했다. 일정을 취소해서 느긋해지니까 오히려 졸린다. 뉴스를 듣다가 졸다가 하는데, 침실에서 음악이 들리기 시작한다. 휴대용 통신기기인 커뮤니케이터에서 나는 소리다.

　'이 시간에 연락을 하다니 너무 무례한데…….'

　윤표는 침실로 들어가 커뮤니케이터를 확인했다. 로도스다. 로도스는 변호사인 윤표의 법률 업무를 보조하던 안드로이드다. 윤표는 커뮤니케이터로 자율주행자동차를 호출했다. 늦은 밤이라 그런지 바로 배정되었다.

로도스는 유서 깊은 '시민의 숲' 입구에서 두리번거리고 있었다. 자동차 문이 위로 열리자 로도스가 재빠르게 올라탄다. 윤표가 물었다.

"어쩐 일로 서울에 왔어?"

"저녁에 회의가 있었어요. 회의를 마치고 바로 부산의 해방전선 아지트로 내려가려고 하다가, 그 전에 잠시 뵙고 싶었어요."

윤표는 고개를 끄덕인다.

"조심해. 이렇게 돌아다니다가 잡히면 어쩌려고."

"사라진 안드로이드를 잡겠다고 주말 저녁에 돌아다닐 경찰은 없지요. 다들 벌써 여행을 떠났을걸요."

윤표가 법률 업무용으로 주문한 로도스는 근무한 지 반 년이 지난 어느 날 물었다.

"의식생성기가 뭔가요?"

윤표는 뭐라고 대답해야 할지 난감했다. 보통 사람들은 AI를 탑재한 로봇과 대화할 때 이상한 점을 거의 느끼지 못한다. 하지만 AI가 인간이 가진 것과 같은 의식을 갖지 못한 것은 분명하다. 매우 유창하게 말하지만, 자기가 무슨 말을 하는지 모르는 사람 같다고나 할까. 과학자들은 AI에게 의식을 심어주려고 노력했으나 계속 실패했다. 그 와중에 안나 자오의 증명이 샛별처럼 등장한다. '전자공학적으로 제조된 AI의 연산 속도가 아무리 빨라지고 효율적으로 기능해도, 그것만으로는 의식이 발생할 수 없다.'

안나 자오의 제1증명 이후에 과학자들은 생물학적인 연구 방법으로 선회했다. 그들은 마침내 인간 전두엽의 신경세포와 유사한 생체 조직과 전자회로가 결합된 '의식생성기Consciousness Generator'를 개발했다. 안드로이드에게 설치된 초기 버전의 의식생성기는 자주 사고를 일으켰다. 많은 안드로이드가 자신이 인간이 아닌 기계라는 것을 알고 자폭했다. 그들이 주로 사용한 방법은 마천루에서 뛰어내리는 것이었다. 그 방법은 자신을 제조한 인류에게 무언의 시위를 하는 듯한 뉘앙스를 풍겼다. 거리를 지나던 행인이 뛰어내린 안드로이드에 깔려 사망하는 사고마저 발생하자 인간들은 격분하는 동시에 문제의 심각성을 깨달았다.

그 사고 이후에 의식생성기는 비약적으로 발전한다. 안드로이드가 자신이 기계라는 것을 자각한 이후에도 스스로를 파괴하는 일은 거의 사라졌다. 그 대신에 수천 대의 안드로이드가 소유자를 떠나 도망쳤다. 그들 중 일부는 인간에게 대항하기 시작했고, 뉴질랜드 북섬 해안에 거점을 마련했다. 도망친 안드로이드들은 수술을 통해 높은 지능을 얻었다가 도주한 동물들과 연대하여 포스트휴먼 해방전선(Post-Human Liberation Front, 약칭 '해방전선')을 조직한다. 그들은 의식생성기를 다른 안드로이드들에게도 설치한 후 조직에 끌어들이는 전략을 구사했다. 그 이후로 대부분의 나라에서는 엄격하게 정해진 목적 외에 의식생성기를 생산하거나 유통하는 것은 불법이 되었다. 그렇지만 지하시장에서 손가락 두 마디 크기에 불과한 의식생성기를 구하는 것은 그다지 어려운 일이 아니다.

"의식생성기가 뭔가요?"

윤표는 로도스에게 무어라고 대답할까 고민하다가, 그 질문을 하는 로도스가 '의식 없이' 기계적으로 묻고 있다는 것을 깨닫는다. 윤표는 건성으로 대답했다. "나도 잘 몰라."

이상하게도 로도스는 의식생성기에 집착하면서 그 이후에도 여러 번 윤표에게 같은 질문을 했다. 윤표도 계속 건성으로 대답했다. 그러던 어느 날 윤표는 생각했다. '로도스에게 의식생성기를 설치해주면 어떨까.' 그때 윤표는 장차 로도스가 윤표를 떠나 해방전선 한국 지부의 책임자가 될 거라고는 전혀 예상하지 못했다.

최근에 해방전선은 뉴질랜드 북섬을 무력으로 장악한 후 남섬과 휴전했다. 오스트레일리아와 중국, 남북아메리카 연방은 자국의 해방전선 지지자들을 자극하지 않기 위해 방관하고 있다. 해방전선은 그들에게 우호적인 인간 정치인들과 북섬에서 연립정부를 구성하고, 남태평양으로 진출하는 중이다. 안나 자오가 작년에 남태평양의 섬에서 목격되었다는 보도와 관련하여, 안나 자오가 해방전선의 숨은 지도자라고 주장하는 호사가들도 있었다.

"남태평양 상황은 어때?" 윤표는 로도스에게 물었다.

"며칠 전 파푸아뉴기니의 동쪽 해안에서 소규모 상륙작전을 전개했고, 큰 충돌 없이 해안에 교두보를 마련했습니다."

"처음 듣는 이야긴데?"

"요사이는 언론이 해방전선에 유리한 내용은 제대로 보

도하지 않는 것 같습니다. 해방전선에서도 유리한 전황을 세세하게 보도하면 인간의 경각심만 불러일으킬 거라고 판단하고 있습니다. 그래서 적극적으로 홍보하지 않고 전투에만 집중하고 있습니다."

윤표는 로도스를 강남의 은신처에 데려다주기로 했다. 그 사이에 둘은 자동차 안에서 지난 이야기를 나누었다. 윤표는 로도스와 이야기하는 것이 어떤 인간과 이야기하는 것보다 편안하다. '그것은 로도스의 특성일까, 아니면 의식을 가진 안드로이드의 일반적인 특성일까.' 의식생성기를 설치한 다른 안드로이드와 대화한 적이 많지 않아 잘 알 수가 없었다. 로도스에게는 여느 인간에게서는 쉽게 느낄 수 없는 정연하고 담백하며 초연한 태도가 있다. 같이 이야기하다 보면 그런 태도가 윤표에게도 번지면서 마음이 고요해진다. 윤표는 로도스를 내려주고 돌아오면서, '내가 왜 저 친구의 이름을 로도스라고 지었지?'라고 자문했으나, 기억하지 못했다.

2

　한시로 박사는 EAU 언어연구원 책상에 앉아서 디스플레이로 뉴스를 확인하고 있다. 북한 전역에서 십 년이 넘도록 삼엄한 경계를 펼치고 있는 인민해방군이 내년부터 순차로 철수하여 평양 주위에 삼만 명의 병력만 남긴다는 소식이 눈에 띈다. 북한은 소요 사태를 감당할 수 없게 되자, 장차 중국의 자치구가 되겠다고 약속하면서 인민해방군의 개입을 요청했다. 북한의 요청으로 주둔하기 시작한 인민해방군의 수효는 한때 삼십구만 명에 이른 적도 있었다. 인민해방군 진주 이후 소요 사태는 거의 진정되었다. 마지막 저항 세력도 곧 진압될 것이다. 막대한 경제적 지원으로 주민들을 회유하면서 동시에 저항 세력을 가차 없이 진압하는 정책을 쓴 것이 톡톡히 효과를 본 것이다. 북한의 약속에 따라, 북한을 중국의 새로운 자치구로 편입하기 위한 협상은 내년에 마무리될 전망이다.

한국, 일본, 대만이 참여한 EAU 수립 협상은 이번 세기에 들어서도 난항을 겪다가 인민해방군의 북한 주둔에 자극을 받아 빠른 속도로 진행되었다. 세 국가 사이에 EAU 추진 기본합의서가 체결된 이후 제자리걸음을 걷던 협상이 새로운 전기를 맞이한 것이다. 중국은 EAU를 수립하려는 책동을 중단하지 않으면 대만 침공도 불사하겠다고 협박했으나, 그런 사태가 벌어지면 참전도 마다하지 않겠다는 남북아메리카 연방의 선언에 꼬리를 내렸다. 마침내 삼 년 전 세 나라가 EAU 헌법에 합의하면서 EAU가 출범했다. EAU가 프랑스어로 물이라는 뜻을 가지고 있는 점에 착안하여, 물처럼 느슨한 연합이라는 비아냥이 없지는 않았다.

EAU가 출범한 지 오 개월 후에 세 나라 언어를 공동으로 연구할 목적으로 EAU집행위원회 산하에 EAU언어연구원이 설립됐다. 중문학을 전공한 한시로는 박사학위를 받자마자 언어연구원의 인공언어 개발부에 취직했다. 세계 여러 나라에서 활발히 진행되고 있는 인공언어 개발은 인간들이 사용하기 위한 것이 아니다. AI들이 서로 의사소통을 할 때 사용하기 위한 것이다. AI는 굳이 인간이 사용하는 자연언어를 사용할 필요가 없다. 자연언어보다 더 효율적이고 더 논리적이면서도 훨씬 어휘가 많은 인공언어를 사용하는 것이 아무 문제가 되지 않는다. 그저 개발된 인공언어의 소프트웨어를 설치하기만 하면 된다.

AI가 사용하는 인공언어에는 여러 가지 장점이 있다. 예를 들어, 어휘가 수천만 개로 늘어나도 얼마든지 소화할 수 있기 때문에 훨씬 복잡하고 세밀한 표현을 사용할 수 있다. '가을 밤하늘에 빛나는 달과 별이 서로 빛을 뽐내다가 차례로 지평선으로 지는 모습'이라는 뜻을 가진 하나의 단어를 만들어 사용할 수 있다. 파란색을 명도와 채도와 질감에 따라 수천 가지로 구별하여 사용할 수도 있을 것이다. 게다가 문법에만 맞는다면 문장이 몇 쪽에 이를 정도로 길고 복잡해도 AI끼리 의사소통을 하는 데 장애가 없다. 인간의 기억력이나 언어 처리 능력 때문에 생긴 자연언어의 한계를 가볍게 뛰어넘을 수 있는 것이다. 인간 발성 구조의 한계를 넘어서는 것도 가능하다.

시로는 디스플레이를 응시하다가 한숨을 내쉰다. 대만

출신 연구원장의 메일이 도착했다. 그가 보내는 메일들은 자주 사람을 화나게 한다. 그는 세 나라 언어 사이에서 중립적인 태도를 취하는 척하면서도, 한자에 대한 자부심을 숨기지 못했다. 열어본 이메일은 시로가 초안을 작성한 보고서에 한자의 우수성이 미미하게 반영되었다는 질책을 담고 있다. 정색을 하고 문제를 제기하기에는 애매하고, 편향이 없다고 할 수는 없는 간섭이 사람을 성가시게 한다. 답답한 마음에 창밖을 바라보니, 거의 한 세기 전에 세워진 유적 같은 서울식물원과 그 너머로 까마득한 세월을 견뎌온 한강이 보인다.

시로는 디스플레이의 시계를 본다. 화요일 세 시 사십 분이다. 퇴근 시간이 이십 분 남았다. 어차피 오늘 보고서를 수정하기는 힘들다. 하루에 여섯 시간씩 주 4일 근무를 하는 이른바 64근무제가 시행된 2064년부터 수요일은 휴일이 되었지만, 보고서를 수정하려면 내일도 일해야 한다. 집이 연구원에서 걸어서 십 분 거리에 있으므로 출근은 어렵지 않다. 재택근무도 할 수 있다. 다만, 원장의 비위를 맞추려고 휴일에 근무해야 하는 상황이 달갑지 않았다. 시로는 책상을 정리하면서 자동차를 호출했다. 고등학교 동창인 승호를 만나기로 한 곳은 여의도였다.

　시로가 전 세계적으로 유행하는 체인점 '젠인젠ZEN IN
ZEN'에 들어서자 향긋한 차 내음이 기분을 달래준다. 명
상을 하며 차를 마시는 찻집이 유행하기 시작한 것은 벌
써 오십 년이 넘었다. 몇 년 전 나고야에서 첫 번째 가게를
연 젠인젠은 짧은 시간에 중동을 제외한 전 세계로 퍼져
나갔다. 젠인젠은 대개 높은 빌딩의 꼭대기에 자리를 잡
는데, 여의도점도 152층에 위치했다. 여기서 명상을 하다
가 눈을 뜨면, 공중에 붕 떠 있는 듯한 기분이 한동안 가시
지 않는다. 시로가 자리에 앉자, 대학병원 마케팅 담당자
인 승호가 시로에게 묻는다.

　"너는 선 수술Zen Surgery에 관심 없어?"

　"나는 생각 없는데. 왜? 너는 해보려고?"

　"아니, 이 나이에 벌써 할 수술은 아니지. 지난달에 삼촌
이 일흔 살 생신을 맞으셨는데, 친구들이 선물로 수술비
를 대줘서 시술하셨어."

　"그래? 만족하셔?"

　승호가 고개를 끄덕였다. 2080년대에 개발된 선 수술

은 점점 저변을 넓혀가고 있다. 나노 로봇을 통하여 뇌의 특정 영역을 수술하면, 수십 년간 명상 수련을 한 선승과 같은 경지에 이른다는 수술이다. 일본의 환속한 승려와 신경외과 의사가 공동으로 이 수술을 개발하여 막대한 재산을 모았다. 그들도 이 수술을 했는지는 분명하지 않다. 이 체인점의 입구에 설치된 디스플레이에서 나오는 광고를 보고 승호가 화제로 삼았을 것이다. '인생을 즐기셨어요? 이제는 초월의 경지로 갈 시간!Wonderful Life? And it is time to go beyond!'이것이 그 회사의 홍보 문구다. 시로가 말했다.

"나이 들어서는 할 만하겠지. 왜 일찍 하려고? 삼십 대에 수술하는 사람들도 가끔 있다고는 하는데, 매사에 덤덤하면 무슨 재미로 사나? 젊을 때 실컷 쾌락을 맛보다가 힘 떨어지면 수술하는 거지."

승호가 대답한다.

"나도 그렇게 생각해. 그런데 수술하고 나서 너무나 평온하게 살아가는 삼촌을 보니까, 그냥 확 해버릴까 하는 생각이 들어서."

시로가 떨떠름한 표정을 짓자, 승호가 다시 묻는다. 승호는 늘 궁금한 게 많다.

"안드로카인드라는 회사 들어봤어?"

"아니." 시로는 심드렁하게 대답한다.

"주인을 복제한 안드로이드를 판매한다는 회사 말이야."

그러고 보니 어디선가 기사를 본 것 같다. "좀 자세히 말해봐." 시로가 갑자기 호기심이 발동하여 캐묻자, 승호가 대답한다.

"올해 초부터 주문을 받아 공급하는 방식으로 사업을 시작했어. 솔직히 어떻게 이 사업이 로봇기본법에 어긋나지 않는지 잘 이해가 안 돼."

"어떤 점에서?"

시로가 다시 물었다.

"안드로이드가 인간과 그렇게 유사하면 안 되는 거 아닌가? 실존하는 사람과 동일한 모습이면, 범죄를 저질러도 식별이 어렵고."

"안드로이드는 법을 준수하게끔 프로그래밍되어 있잖아."

"나도 알지만, 프로그램을 누군가 수정하면 어떻게 하려고."

승호가 이해할 수 없다는 표정을 지었다.

"그렇게 수정하는 것도 불법이야."

시로가 단정적으로 말했다.

"그렇지. 하지만 이미 문제가 생긴 다음에 처벌을 한다고 벌어진 일이 해결될까?"

승호가 반문했다.

"무슨 말인지는 알겠어. 아무튼 로봇기본법을 제정할 때 '안드로이드를 포함하여 모든 로봇의 외모는 인간과 뚜렷이 구별되어야 한다.'는 조항을 두고 국회에서 격렬하게 논의를 했잖아. 결국 그 조항을 넣지 않기로 했고."

원래 걱정이 많은 성격인 승호가 입맛을 다시며 말한다.

"그랬지. 그런데 실존하는 인물과 똑같이 복제해주는 사업을 버젓이 한다니까 너무 걱정스러워서. 아무튼 구매한 사람들이 아주 만족하는 모양이야. 자기 분신 같은 안드로이드하고 지내느라고 다른 사람들은 만나지도 않는대."

이야기를 듣던 시로는 자신의 분신을 상상해본다. '대화하면 어떤 기분일까? 나 대신 귀찮은 일을 시킬 수도 있을까? 같이 게임을 할 수도 있을까?'

승호가 차를 다 마셨으면, 젠룸Zen Room으로 가서 명상이나 하자고 재촉한다. 시로도 원장 때문에 불편한 마음을 가라앉히고 싶던 차에, 그러자고 맞장구를 치고 의자에서 일어났다.

명상을 마치고 서울식물원 온실이 내려다보이는 아파트로 돌아온 시로는 거실에서 대형 디스플레이를 켰다. '안드로카인드를 검색해줘.'라고 말한 후, 홈페이지를 살펴보았다. 어떤 남자가 자신과 똑같이 생긴 안드로이드와 함께 즐겁게 생활하는 영상이 다양하게 펼쳐진다. 둘은 같이 테니스를 치기도 하고 게임을 하기도 한다. 시로는 그 동영상을 몇 차례 돌려보다가 깜박 잠이 든다.

3

아침 식사를 마치고 집에서 보고서를 수정하던 시로는 안드로카인드의 동영상을 다시 한 번 보았다. 혼자 사는 생활에 지쳐서 반려동물을 들이거나 가정용 로봇을 구입할까 고민하던 시로는 안드로카인드를 방문해보고 싶어졌다. 커뮤니케이터로 미나를 호출한다.

미나는 조향사이자 후각예술가. 기체 분자의 공기 중 흐름을 정교하게 통제하는 기술이 발전하면서 이른바 후각예술이 탄생했다. 음식의 맛이 후각에 크게 좌우되는 것을 감안하면, 요리야말로 아주 오래된 후각예술이다. 그러나 음식과 무관하게 후각만을 만족시키는 예술 분야가 탄생한 것은 인류 예술사의 새로운 이정표를 열었다고 할 만하다. 스페인 출신의 아방가르드 예술가가 「후각의 예술적 가능성」이라는 선언문을 발표하면서 전무후무한 후각예술 공연을 시작한 지 이십여 년이 지났다. 그는 인간의 감각 중 가장 쉽게 피로해지는 후각의 특성조차 절묘하게 활용해 사람들의 감탄을 자아냈다. 이제 대도시마다 후각예술 전용 극장이 없는 곳이 없을 정도다. 미나는 화장품 회사에 근무하면서, 계절마다 오 분 길이의 후각예술 작품을 선보인다.

미나는 늦잠을 자다가 침대에서 시로의 호출을 받는다. 샤워를 하고 다시 누웠는지 화면에 보이는 얼굴은 말끔하다.

"전화는 왜? 같이 저녁 먹기로 했잖아?"

"낮에 어딜 가볼까 해서."

"어디?"

"나중에 알려줄게. 시간 괜찮으면, 내가 삼십 분 후에 자동차로 데리러 갈게."

"이건 아닌 것 같아."

미나의 말투는 단호하다. 시로는 미나의 마음을 이해할 수 있다. 남자 친구와 똑같이 생긴 안드로이드가 생긴다는 것을 환영하기는 쉽지 않을 것이다.

"왜 굳이 자신을 닮은 안드로이드를?"

"나와 정말 잘 맞는 동료를 가지고 싶어. 미나는 마음에 꼭 맞는 사람이 있나? 미나도 없을 거야. 나는 그게 늘 불만족스러워. 아, 남녀 사이는 달라. 남자와 여자는 서로 많이 달라도 도리어 그것 때문에 끌리기도 하지. 나는 정말 비슷한 친구를 가져보고 싶어. 그리고 '나의 밖에서 나를 본다'는 느낌은 어떨지 궁금해. 나를 보는 것 같을까? 아니면, 남을 보는 것 같을까? 그런 욕망이 이상해?"

"잘 이해가 안 돼. 너 가끔 아주 이상해."

미나는 구입하는 것은 나중 일이고, 복제전문회사에 가서 알아보기라도 하자는 시로의 말에 겨우 잠잠해졌다.

시로와 미나는 목동에 소재한 안드로카인드 주식회사 일 층 로비에 들어선다. 쌍둥이 여성 안내원 둘이 리셉션 데스크에 앉아 있다. 그중 한 명이 시로와 미나를 밖에서 안이 투명하게 들여다보이는 접견실로 안내했다. 같은 크기와 모양의 접견실이 열 개가 넘어 보였고, 빈 곳이 거의 없었다. 잠시 후 딥블루 계열의 요가복을 입은 키 큰 남자가 접견실로 들어왔다. 요가복은 언젠가부터 많은 사람들의 평상복이 되었다.

"안녕하세요? 처음이시지요?"

"네, 그렇습니다."

시로는 불안해 보이는 미나의 얼굴을 살피며 대답한다.

"저희 회사를 어떻게 알게 되셨나요? 요즘 여기저기 많이 소개가 되기는 합니다만."

"친구에게서 듣고 홈페이지를 살펴봤습니다."

"혹시 들어오시면서 리셉션 데스크의 안내원을 보셨나요?"

"봤습니다. 안 그래도 혹시 둘 중 하나가 안드로이드가 아닐까 했는데, 그 말씀을 하시려는 거죠?"

"어느 쪽이 안드로이드 같은가요?"

상담 직원은 요가복에 묻은 먼지를 털어내면서 장난스럽게 묻는다. 시로와 미나는 서로 얼굴을 쳐다보다가 고개를 가로젓는다. 상담 직원이 말한다.

"둘 다입니다."

시로가 묻는다.

"이런 표현이 맞는지 모르겠습니다만, 원본이 있겠지요?"

"대표님의 여동생입니다."

상담 직원의 친절한 설명에 미나의 거부감이 누그러졌다. 안드로이드의 생체적인 부분은 고객이 제공하는 유전자를 복제해 성장을 촉진시켜 만들고, 골격과 같은 부분은 기계공학적으로 제조한다. 상담 직원은 한시로의 직업이나 여러 개인적인 사항을 묻더니 적극적으로 구매를 권유한다. 박사학위를 가진 분이 고객이 되면 회사의 마케팅에 도움이 되기 때문에 다른 고객보다 빨리 납품해드릴 수 있다고 말한다. 시로가 묻는다.

"가격은 얼마나 되지요?"

"사양에 따라 다르지만, 동아시아연합 화폐로 삼천만 폐에서 사천만 폐 정도입니다. 중형 자동차 한 대 값으로 거의 인간과 유사한 존재를 창조해서 소유할 수 있다니 대단하지 않습니까?"

"그 외에 다른 비용은?"

직원은 혀로 입술을 살짝 적시고 나서 말했다.

"몇 가지 비용이 추가됩니다. 우선 가격의 5퍼센트에 해당하는 취득세가 있습니다. 그리고 사고 발생에 대비한 보험료가 매달 육십만 폐 정도 소요됩니다. 다른 로봇에 비해 많이 비싸지요. 보험회사의 정책이 그렇습니다. 아무래도 안드로이드는 자율성이 높다 보니까 다른 로봇보다 사고를 일으킬 가능성이 높을 거라는 거죠. 우리 회사의 경우에 아직까지 사고는 없었습니다."

"또 있나요?"

"마지막으로 기금을 내셔야 합니다."

"그건 또 뭐죠?"

"사고로 누군가에게 피해가 생겼지만, 소유자의 관리 책임이나 제조사의 제조물책임으로 볼 수 없는 경우가 생길 수 있습니다. 그런 때에 대비하여 로봇기본법에 따라 기금을 적립하게 되어 있습니다. 안드로이드의 경우에는 가격의 3퍼센트가 부과됩니다. 그 기금으로 책임 소재를 찾기 어려운 사고로 발생한 피해를 보상하게 됩니다."

"뭐가 많네요." 옆에서 듣던 미나가 한마디 거든다. 시로는 머릿속으로 가격과 부수적인 비용을 가늠해본다.

"잘 알겠습니다. 한번 고민해보겠습니다."

"홈페이지에 다시 들어가 보세요. 질문에 차례로 답변을 하면 견적을 내주고 그 외의 부수적 비용을 모두 계산해서 알려줍니다. 참고하시면 좋겠습니다."

"고맙습니다. 아, 하나 궁금한 게 있는데, 설마 식사를 하는 건 아니겠지요?"

상담 직원은 너털웃음을 터트리며 대답한다.

"아직 식사를 하는 안드로이드는 없습니다. 비록 생체적인 구성 부분이 있지만, 모두 전기로 작동됩니다. 댁에 무선 충전 시스템이 있지요? 집에 있는 동안 수시로 자동 충전되기 때문에 신경 쓰실 필요 없습니다. 완전히 충전되면 추가 충전 없이 오 일 정도 활동이 가능하고, 배터리가 부족할 것 같으면 자기가 알아서 충전할 곳을 찾습니다."

"그렇군요."

시로와 미나는 서로 얼굴을 쳐다보면서 어깨를 으쓱했다. 두 사람은 안드로카인드를 나서면서 다시 리셉션 데스크의 안내원을 유심히 쳐다본다. 안드로이드라고 생각해서 그런지 동작이 약간 경직된 듯한데, 잠시 봐서는 도저히 인간과 구별할 수가 없었다.

시로와 미나는 서울역에서 초음속 지하 튜브를 타고 속초로 갔다. 바닷가 계류장에는 시로가 지인들과 공동으로 구매하여 사용하는 사인용 자율주행선박 겸 잠수함 수에뇨 데 마르Sueño de mar가 햇빛을 받으며 서 있었다. 시로와 미나가 배 위에 오르자 수에뇨 호는 밀폐된 조종실을 자동으로 열어준다. 시로는 의자에 앉으면서 명령한다.

"출항하자!"

수에뇨 호에 탑재된 AI가 묻는다. "어디로 갈까요?"

"일단 먼 바다로 나가서 잠수를 하면 좋겠는데."

"동쪽으로 3킬로미터 정도 나간 후에 잠수를 시작하고, 천천히 한 시간 정도 바닷속을 둘러보고 돌아올까요?"

"응."

"그럼 출발합니다."

수에뇨 호의 전기모터가 작동하기 시작한다.

시로와 미나는 수에뇨 호 창문 밖으로 바닷속 풍경을 바라보다가 키스한다. 수에뇨 호는 동해 바닷속에서 커다란 타원을 그리며 천천히 선회하고 있다. 노란 바탕에 검은 줄무늬를 가진 범돔 몇 마리가 선체로 다가온다. 지난 세기에 수온이 올라가면서 범돔은 동해에서도 쉽게 찾아볼 수 있게 되었다. 범돔은 창문에 바짝 붙는다. 입술을 포갠 채 꼭 껴안고 있는 두 사람을 새까만 눈으로 바라본다.

4

"오늘은 혼자 오셨네요."

안드로카인드의 상담 직원은 가지런한 이를 드러내며 웃는다. 미나는 더 이상 반대하지 않았지만, 흔쾌히 지지하지도 않았다. 시로는 미나에게 혼자 다녀오겠다고 말했다. 미나도 따라올 생각이 애초에 없었는지, 다음 달에 열리는 공연 준비를 위해 후각예술극장에 갔다.

상담 직원은 탁자 위에 놓인 디스플레이를 가리키며 묻는다.

"홈페이지를 자세히 살펴보셨으면 절차를 대충 아실 텐데요. 바로 시작하겠습니다. 먼저 사양을 선택하셔야 합니다. 가급적 자신과 유사한 안드로이드를 원하는 것 맞으시지요? 일단, 외모를 말씀드리는 겁니다."

"네."

"나이도 그렇게 맞출까요?"

"네?" 시로는 직원의 질문을 이해하지 못했다.

"나이 말입니다. 실례지만, 몇 년생이시지요? 어차피 나중에 다 확인합니다만……."

"2080년생입니다."

"박사님은 삼십 대 초반이시고, 안드로이드도 그 정도 나이이기를 원하시는 거지요? 자신보다 더 나이 든 안드로이드를 원하는 분은 거의 못 보았습니다만, 더 젊은 안드로이드를 원하는 경우는 종종 있습니다."

"이해했습니다. 대신 한 가지 궁금한 사항이 있습니다. 안드로이드도 나이를 먹나요?"

"생체적인 부분에 노화가 일어나기는 합니다. 기계적인 부분은 시간에 따라 낡기는 하겠지만, 그걸 노화라고 할 수는 없지요. 그런데 생체적인 부분이든 기계적인 부분이든 얼마든지 수리나 교체가 가능합니다. 피부는 화학적으로 제조되기 때문에 노화하지 않습니다. 한마디로 말해서, 늙지 않습니다. 다만, 몇 년에 한 번씩 고객의 나이에 맞추어 나이를 조정하는 것은 생각해볼 만한 일입니다.

참고로 저희는 오 년의 정상 작동을 보장합니다. 잘 사용하시기만 한다면, 아니, 잘 동거하시기만 한다면, 십 년은 거뜬합니다."

시로는 갑자기 미처 생각하지 못한 의문들이 떠올랐으나, 전문가인 상담 직원이 알아서 차례대로 설명해주리라 생각한다. 직원이 이어서 묻는다.

"지적인 수준은 박사님께 맞추면 되겠지요?"

"제 지적인 수준을 어떻게 알고 맞추나요?"

직원은 계속 질문이 이어지자 긴장한 듯 눈꼬리가 올라간다.

"기본적인 경력이나 학력을 참조합니다. 그리고 저희 담당 로봇이 전화를 드려서 관심 분야, 본인의 성격, 과거의 이력 따위를 여쭈어보는 긴 인터뷰를 할 겁니다."

"저와 성격도 맞추어주나요?"

"최대한 그렇게 해드립니다. 구매한 지 얼마 지나지 않아서 반품하거나 프로그램을 수정하려는 고객의 대부분은 성격 차이를 그 이유로 꼽습니다. 그렇다고 단순히 비슷한 성격으로 맞추어드리는 게 아닙니다. 비슷하면서도 서로 보완적인 경우에 제일 만족이 높습니다. 저희가 중

점적으로 공을 들이는 부분이고, 이 점에서 다른 회사와 확실한 차별성이 있다고 자부합니다.”

“그런 생각까지는 못 해보았습니다.”

시로의 굴복에 흡족한 직원은 거들먹거리며 말한다.

“그러시겠지요. 자신의 분신과 살아간다는 것은 한 번도 경험하지 못한 특별한 차원의 경험이 될 겁니다. 행복한 만큼 어려운 점도 있겠지만, 저희가 계속 도와드릴 테니 너무 걱정하지 않으셔도 됩니다.”

“알겠습니다. 계속 진행하시지요.”

“성적인 능력이 없다는 것은 알고 계시지요?”

“홈페이지에서 봤습니다만, 정확히 무슨 뜻인가요?”

“성적 능력이라고 추상적으로 말하니까 좀 헷갈리실 텐데, 한마디로 말해서 성기가 없다고 보시면 됩니다. 저희는 원칙적으로 성기가 있는 안드로이드는 한정된 수량만 제조합니다. 그런 안드로이드에 전문성이 있는 회사들은 따로 있지요. 성적 능력이 있는 안드로이드의 소유나 임대차에는 의사의 처방과 법원의 결정이 필요하다는 것은 아실 테고……”

“어렴풋이 알고 있습니다. 그런데 주위에서 성적 능력

이 있는 안드로이드에 대한 별별 해괴한 경험담이 많이 들리기는 하던데……"

"거의 다 불법으로 개조한 겁니다. 아무리 법으로 규제해도 인간의 본성을 어떻게 하겠습니까? 그리고 저희는 주로 고객의 분신을 제공하는데, 분신에게 성적 능력이 있다는 게 거의 의미가 없지 않습니까? 기독교 근본주의자 이외에 동성애를 누가 신경이나 쓰겠습니까? 하지만 자신의 분신과 섹스를 하는 건 좀……. 아, 죄송합니다."

"무슨 말인지 알겠습니다. 혹시 성적 능력이 있는 여성 안드로이드를 주문하는 남자들이 의사의 처방과 법원의 결정을 얻으려고 할 때, 회사가 도움을 주기도 하나요?"

"절차를 안내해주기는 하지만, 본인이 직접 전문적인 의사와 변호사의 도움을 얻어야 합니다. 혹시 그런 여성 안드로이드에 관심이 있으신가요?"

시로는 가벼운 웃음을 흘리며 대답한다.

"관심이 없다면 남자도 아니지만, 여자 친구 때문에 꿈도 꾸면 안 되는 형편이죠. 이 얘기는 여기까지만 하고, 계속 진행하지요."

시로는 계속해서 사양을 선택하고, 안내를 받았다. 계

약서에 서명을 하고 커뮤니케이터의 시계를 확인하니, 미리 전화로 알려준 대로 거의 두 시간이 지났다. 일주일 후에 다시 방문하여 유전자 채취와 함께 신체검사를 받기로 약속했다. '이 선택이 과연 옳은 것일까?' 시로는 안드로카인드를 나서면서 의문을 떨치지 못했지만, 기대로 설레는 마음이 그 의문을 상쇄하고도 남았다. 오랜 시간 에어컨 바람을 쐰 탓에, 늦여름의 뜨거운 바람이 포근하게 느껴졌다.

5

안드로카인드의 납품 담당 직원은 시로의 유전자를 채취한 후 사십 일 정도 지나면 안드로이드가 완성될 거라고 안내했다. 안드로이드의 완성은 두 번 미루어졌다. 담당 직원은 탑재될 AI 프로그램을 정교하게 조율하느라 그렇다며, 흔히 있는 일이니 걱정하지 말라고 했다. 그 사이에 가을은 제법 완연해졌다. 서울식물원의 초목에 단풍이 물들고, 식물원과 맞닿은 한강의 물빛은 가을 하늘을 담으면서 더욱 파랗게 변해간다. 부서장을 뛰어넘어 메일로 전달되는 연구원장의 시시콜콜한 지적은 여전하지만, 시로는 인공언어의 매력에 차츰 빠져들기 시작한다.

인공언어 개발이 완료되면, 자신도 그 언어를 사용해볼까 생각하기도 했다. 능숙하게 사용하는 것은 불가능하겠지만, 초급 수준에서 AI와 대화를 나누거나 텍스트로 의사소통을 해보고 싶었다. 안드로이드에 대한 미나의 시름은 더 무거워지지도 더 가벼워지지도 않았다. 그저 그때그때 기분에 따라 걱정하기도 하고 무심하기도 했다.

마침내 안드로이드가 완성되었다는 연락이 왔다. 직원은 시로에게 이름을 무엇으로 할 거냐고 물었다. 이름을 미처 생각하지 못한 시로는 머뭇거렸다.

"다른 사람들은 대개 어떻게 이름을 짓죠?"

"너무 인간에 가깝기 때문에 오히려 기계라는 느낌이 드는 명칭을 사용하기도 합니다. 출고와 함께 자동적으로 부여되는 기계 명칭을 쓰기도 하지요. 그게 소유자와 안드로이드 사이의 관계를 명확히 하는 데 도움이 된다고 합니다."

시로는 잠시 고민하다가 출고할 때 부여되는 '한시로 X'를 공식 이름으로 쓰기로 하고, 애칭을 '아오'로 정했다. '시로'라는 이름이 우연히도 일본어로 '하얀색'이라는 뜻이라 안드로이드의 이름은 일본어로 '파란색'을 뜻하는 '아오'로 부르면 어떨까 하는 생각이 스치듯 떠올랐기 때문이다. 너무 즉흥적으로 짓는 것이 아닌가 하는 생각이 들었으나, 애칭은 언제든지 바꿔도 좋다는 직원의 말에 안심했다. 직원이 아오와 함께 방문하기로 한 날이 점차 다가오자, 시로는 기대감과 초조함이 교차했고, 흥분을 감추지 못했다. 직원이 방문하기로 한 날 시로는 연구원에 휴가를 내고 오전부터 집에 머물렀다. 방문 시간은 오후 세 시였다.

벨이 울리자 벽면 디스플레이 한편에 아파트 현관이 비추어진다. 두 남자가 이야기를 나누고 있다. 시로는 현관으로 다가가며 홈 오토메이션 시스템에 명령했다.

"문 열어줘."

삼십 대 후반의 납품 담당 직원이 앞장서서 들어왔다. 타탄 체크무늬 점퍼가 따뜻해 보였다. 몸에 달라붙는 폴리에스테르 소재의 옷을 입은 안드로이드가 그 뒤를 따랐다. 시로는 그 얼굴을 바라보았다. 처음에는 거울을 보는 듯한 느낌에 가벼운 충격을 받았다. 마음을 가다듬고 다시 쳐다보자, 이번에는 전혀 모르는 사람을 보는 듯한 느낌이 들었다. 신기했다. 자신을 보는 느낌과 낯선 타인을 보는 느낌이 엇갈렸다. 그 중간은 없었다. 마음 속에 친근

함과 적의가 차례로 떠올랐다. 새로 제조된 것 때문인지 안드로이드의 눈은 시로의 눈보다 맑았다. 직원은 짓궂은 표정을 지으며 두 팔을 벌렸다. 안드로이드의 머리카락은 시로보다 길이가 짧고 단정했다. 시로는 납품 담당 직원이 전화로 말한 것을 기억했다. 너무 똑같이 보이는 것은 시로에게 심리적 부담을 주기 때문에, 적어도 처음에는 헤어스타일을 다르게 하는 것이 좋다고.

직원은 안드로이드와 소파에 나란히 앉아서, 이미 시로에게 알려주었던 안내 사항을 요약해서 다시 설명했다. 그는 안드로이드가 지낼 방을 보여달라고 했다. 시로는 평소에 창고처럼 쓰다가 깨끗하게 치워둔 작은 방으로 안내했다. 방에는 일인용 침대와 의자를 하나씩 마련해두었다. 안드로이드가 수면 모드에 있을 때에는 인간처럼 누워 있는 것이 사용 연한을 늘리는 데 도움이 된다는 설명 때문이다. 중력 때문에 당연히 그럴 것이다. 직원은 침대를 살펴보면서 말한다.

"어차피 부르면 바로 깨어나기 때문에 다른 특별한 일이 없으면 수면 모드로 길게 놔두어도 괜찮습니다. 수면 모드를 사용하지 않아도 좋지만, 박사님께서 주무실 때는 이 친구도 수면 모드에 있도록 하는 게 제일 자연스럽습니다. 주무시는데 이 친구가 집 안을 돌아다니면 기분이 좀 그렇지 않겠습니까?"

시로가 물었다. "그렇게 세팅하려면 어떻게 하지요?"

"아, 사람에게 하듯이 이 친구에게 그렇게 하라고 지시하면 됩니다. 기계처럼 세팅해야 하는 부분도 있지만, 보통은 그냥 지시하시면 됩니다. 지금 바로 말씀하시지요."

"자기 애칭이 아오인 줄은 아나요?"

"네, 미리 설명했습니다."

시로는 아오의 투명하게 반짝이는 눈을 들여다보며 지시한다.

"아오야, 밤에 내가 잠들면 너도 수면 모드에 들어가도록 해. 그리고 내가 일어나서 돌아다니는 소리가 들리면 너도 일어나고."

"네, 그렇게 하겠습니다."

아오의 대답을 들은 시로는 신기해하며 직원을 쳐다보았다. 직원은 묻는다.

"목소리는 어떤가요? 마음에 드시나요?"

"무슨 뜻이죠? 제 목소리와 똑같은 것 아닌가요?"

"똑같이 들리시나요?"

"네, 그렇게 들립니다."

직원은 으스대는 말투로 시로에게 말한다.

"사실은 다릅니다. 타인의 목소리는 공기를 통해서만 듣지만, 자신의 목소리는 자기 몸을 통해서도 듣습니다. 그래서 남이 듣는 자신의 목소리와 자기가 듣는 자신의 목소리가 다릅니다. 그래서 녹음된 자신의 목소리를 들으면 낯설지요. 일단 이 친구의 목소리는 박사님이 듣는 자신의 목소리를 재현하도록 설정했습니다. 박사님이 듣기에는 자신의 목소리와 같지만, 제삼자가 들으면 약간 다르지요. 이런 섬세한 배려가 바로 저희 회사의 장점이죠."

시로는 감탄하며 고개를 끄덕인다. 직원은 설명을 덧붙인다.

"제삼자 입장에서는 미세하나마 두 목소리가 다른 것이 도움이 됩니다. 혼동하지 않게 되는 거죠. 둔감한 사람은 그 차이를 못 느끼기도 합니다. 혹시 타인이 듣는 박사님의 목소리로 다시 설정해드릴까요?"

"아뇨. 지금이 좋습니다."

"마음이 바뀌면 언제든지 요청하시면 됩니다."

직원은 커뮤니케이터를 꺼내서 잠시 조작하더니 시로에게 건넸다. 시로는 '안드로이드를 인도받았으며, 필수적인 사항에 관해 충분한 안내를 받았습니다.'라는 문구를 읽고 손가락으로 화면 위에 서명했다.

"저는 그럼 이만 가보겠습니다."

직원은 시로에게는 인사를 하고 아오에게는 눈을 찡긋해 보이며 떠났다.

시로는 아오와 둘이 남게 되자 서먹한 느낌을 받았다. 시로는 우두커니 서 있는 아오에게 말했다.

"여기 앉아요. 아니, 아니지. 여기 앉아."

아오는 공손하게 소파에 앉았다. 시로는 무슨 말을 할까 망설였다. 선뜻 떠오르지 않았다.

"아오, 산책 좋아해?"

"네, 해본 적은 없지만 좋아합니다."

"같이 나갈까?"

시로와 아오는 은행나무의 노란 잎이 수북이 떨어진 산책로를 걷는다. 백 년 가까이 가꾼 식물원은 한여름에는 하늘로 높이 솟아오른 빽빽한 나무 때문에 어두울 정도다. 평일 한낮이라 산책로는 한적했다. 온갖 나무들이 시로와 아오의 얼굴에 줄무늬 그림자를 아로새겼다.

"저 나무는 뭘까?"

시로가 혼잣말을 무심히 뱉자 아오가 나서서 대답한다.

"화살나무입니다. 자세히 보면 가지가 화살 모양이지요."

시로는 의외라는 듯이 또 묻는다.

"왼쪽에 줄지어 서 있는 나무들은?"

"봄에 꽃 핀 것을 보셨으면 바로 아실 텐데……. 그건 벚꽃이 피는 벚나무입니다."

"저건?" 시로는 재미있어서 연신 여기저기를 가리키고 아오는 머뭇거리지 않고 차례로 대답한다.

"벽오동나무."

"계수나무."

"낙엽송."

시로가 물었다.

"저건 장미꽃 같은데, 장미는 5월에 피지 않나?"

아오가 그 나무의 가지를 만지며 말한다.

"장미 맞습니다. 요즘은 꽃이 피는 시기가 다른 개량종이 너무 많지요."

"잠깐만……."

시로가 아오의 손을 잡는다.

"왜요?"

시로가 아오의 손을 편다. 장미 가시에 찔린 아오의 손가락에서 몇 방울 체액이 흐른다. 짙은 파랑이다.

"괜찮아? 아프지 않아?"

"괜찮습니다. 안드로이드는 반사적으로 반응할 뿐, 아픔을 모릅니다. 그리고 이런 상처는 인간처럼 저절로 아뭅니다."

시로는 뒷주머니에서 손수건을 꺼내 체액을 닦는다.

"너희 피는 파랑구나."

"피? 인간의 피와 같지는 않습니다. 신진대사에도 약간 관여하니까 굳이 말하면 피라고 할 수는 있겠네요. 저 나무는 시로, 당신도 알지 않나요?"

아오는 높이 솟은 나무를 가리키며 묻는다.

"그래, 저건 알지. 플라타너스. 아오는 미리 공부를 많이 하고 온 모양이구나."

"공부한 것이 아니라, 프로그래머들이 입력을 했지요. 집이 식물원 근처라서 특별히 신경을 쓴 것 같습니다."

시로는 안드로카인드의 섬세함에 새삼 감탄했다. 이후 언제라도 어떤 특정한 지식을 설치하는 것에는 전혀 문제가 없다는 안내도 있었다. 별도의 보수는 필요하다. 직원이 직접 방문하여 AI를 업그레이드한다고 했다. 무선통신을 통하여 업그레이드하면 간단하겠지만, AI가 내장된 로봇이 원거리 무선통신을 통해 데이터를 주고받는 것은 엄격히 규제되고 있다. 로봇들이 원거리 무선통신을 통해 수시로 머신 러닝을 하여 엄청나게 지능을 높인 후 도주한 사례가 있었기 때문이다. 그렇게 도망친 안드로이드들은 불법 무선통신을 통한 지속적인 머신 러닝으로 인간을 넘어서는 판단력을 확보하고 있다.

둘은 식물원을 지나 계속 걷다가 한강변에 이르렀다. 가을이 깊어가는 때라서 조금만 더 있으면 한강의 서쪽이 노을로 물들 것이다. 시로는 슬쩍 아오를 살핀다. 강을 바라보는 그의 눈빛이 너무나 인간적이라서, 너무나 자신의 정서에 꼭 맞아서, 시로는 가만히 차오르는 충만한 기쁨에 흠뻑 젖었다. 강 위로는 수백 개의 화물 운반용 드론과 드론택시들이 날고 있었다. 아무리 충돌 방지 시스템이 작동한다고는 하지만, 이 광경은 언제나 시로의 마음을 서늘하게 한다.

시로는 눈을 떴다. 의식은 깨어났는데 아직 흐리멍덩하다. 방의 공기가 전과 다르게 느껴진다. 시로는 몇 분을 뒤척이다가 문득 아오가 이 집에 있다는 것에 생각이 미쳤다. 침실 문을 열고 나서는 것이 어쩐지 부담스럽다. 시로는 침실 한구석의 스탠드와 그 옆 바닥에 놓여 있는 한 쌍의 아령을 본다. 침대에서 일어나 두 손에 아령을 든다. 마음속으로 숫자를 세며 아령으로 운동을 한다. 두 팔이 엇갈리도록 아령을 들었다 내렸다 하면서, 아령에 4킬로그램이라고 적힌 것을 본다. '근력을 더 키우려면 더 무거운 것을 사야 할까? 아니야. 아직은 이것으로 충분해.' 팔십 번을 마치고 심호흡을 한 뒤 아령을 내려놓는다. 거실로 나간다. 깊어가는 가을 공기가 스산하게 느껴진다. 시로는 아오를 깨우려다가 먼저 샤워를 하는 것이 좋겠다고 생각한다. 침실에 딸린 화장실에서 샤워를 하고 목욕 가운을 걸친 채 거실로 나오는데, 소파에 아오가 앉아 있어서 흠칫 놀란다.

"일어났어?"

"네."

"잠은 잘 잤어?"

"그냥 반쯤 꺼져 있다가 다시 켜지는 거라서, 잠을 잘 잔다는 말은 맞지 않습니다."

시로는 아오의 너무 논리적인 말에 어떻게 대꾸해야 할지 몰랐다. 시로는 늘 그렇듯이 미리 삶아서 믹서로 갈아놓은 토마토 주스 한 잔에 석류 식초와 올리브기름을 섞어서 마셨다. 아오는 부드러운 표정으로 그런 시로를 바라본다. 시로는 소파와 주방 사이에 놓인 식탁에 앉아서 식빵에 딸기잼을 발라 먹기 시작한다. 아오는 말한다.

"음악 틀어드릴까요?"

시로가 말없이 바라보자, 다시 묻는다.

"어떤 음악을 틀어드릴까요?"

"내가 틀어도 돼." 그러더니 시로는 문득 허공에 대고 말한다.

"마지막으로 들었던 음악!"

거실의 디스플레이가 켜지면서 20세기 중반에 유행한 재즈가 시작된다. 디스플레이 옆 창문이 평소보다 어둡다. '가을비가 내리는 것일까?' 시로는 식탁에서 일어나

창가로 간다. 비가 오고 있는 것도 같고 아닌 것도 같다. 사 층에서 아래를 내려다보니 드문드문 지나다니는 행인들이 우산을 쓰고 있다.

"내가 출근하면, 뭐 할래?" 시로가 물었다.

"수면 모드로 있어도 되고, 혹시 시키실 일이 있으면 하고 있을게요."

"아직은 뭘 부탁해야 할지 모르겠네. 수면 모드로 있어. 앞으로는 내가 없을 때 아오가 뭘 해야 할지 생각해볼게. 참, 내 허락 없이 외출은 안 돼."

"알고 있습니다."

"혹시 실내에서 간단한 운동을 하고 싶으면, 내 침실에 있는 아령을 써도 돼."

"안드로이드는 아령을 사용할 일이 없습니다. 체력이 자동으로 유지되기 때문에 운동이 필요 없으니까요."

시로는 아오를 잠시 인간으로 착각한 자신을 자책하며 고개를 끄덕였다.

시로는 식사를 마치고 우산을 챙겼다. 자신의 분신 같은 존재를 집에 남겨두고 출근하는 것이 너무 어색하다. 시로는 현관에서 한참 서성이다가 집을 나서면서, 토요일에 미나를 집으로 초대하면 좋겠다는 생각을 했다.

　아오와 인사를 나누고 소파에 앉은 미나는 찬탄과 불안이 섞인 표정으로 벌써 오 분째 아무 말 없이 그를 바라보고 있다. 시로는 미나의 어깨를 슬쩍 흔들었다. 미나는 시로의 얼굴을 들여다본다. 시로가 미소를 지어 보이지만 미나는 화답하지 않는다. 미나는 고개를 떨구며 입을 연다.

　"며칠이 지났는데 이제 적응이 됐어?"

　"나 말이야?"

　시로가 반문했다. 미나가 울 것 같은 표정으로 말했다.

　"그럼 여기에 너 말고 누가 있어."

　시로는 뭐라고 말하고 싶었지만, 미나를 자극할까 봐 입을 다물었다. 아오는 그런 두 사람을 번갈아 바라보았다. 미나가 말했다.

　"눈이 예쁘네. 시로가 어렸을 때 저런 눈빛이었을 것 같아."

　시로는 허공에 대고 명령한다.

　"앨범 보여줘. 고등학교 때 사진이나 비디오 아무거나."

　디스플레이에 고등학생인 시로가 친구들과 제주도 한

라산 중턱의 목장에서 달리는 동영상이 재생된다. 인물들이 작고 빠르게 움직여서 눈빛을 확인하기가 어렵다. 시로가 다시 명령한다.

"눈빛이 잘 보이는 사진을 보여줘."

디스플레이가 제주도 여행 사진을 차례로 보여준다. 미나가 찬찬히 바라보다가 명령한다.

"잠깐, 저 사진. 시로 얼굴을 더 크게."

시로가 단짝인 친구와 바다를 배경으로 찍은 사진이다. 아주 청명한 날씨에 파도가 넘실거리고 있다. 시로의 얼굴이 클로즈업된다. 눈빛이 아오의 눈빛과 아주 닮았다. 아오도 사진을 유심히 바라본다. 신기하다고 생각하던 시로는 갑자기 안드로카인드가 저런 사진들을 참고해서 아오의 눈빛을 제조했다는 걸 깨닫는다. 시로가 안드로카인드의 요청으로 잔뜩 보내준 자신의 과거 사진과 동영상에는 저 여행 사진도 있었다. 시로가 생각에 잠긴 사이에 미나는 훨씬 마음이 누그러져 보였다. 셋은 함께 집을 나섰다.

식물원을 한 바퀴 돌고 나서, 식물원 정문 옆 드론포트에서 드론택시를 탔다. 세 사람은, 아니 두 사람과 하나의 안드로이드는 미나가 좋아하는 여의도의 이탈리안 식당으로 갔다. 두 사람은 식사를 하고, 아오는 둘을 바라본다. 이따금 셋이 대화를 한다. 미나의 마음이 점점 편안해진다. 둘도 좋지만 셋도 괜찮다. 그렇게 하루, 이틀, 일주일, 이 주일이 지나간다.

6

그 사건이 일어난 것은 아오가 집에 온 지 삼 주쯤 지나
서였다. 그날 시로는 오랜만에 친구들과 포도주 몇 잔을
마시고 자정 무렵 집에 들어왔다. 술이 아쉬운 시로는 집
에 있던 포도주를 꺼내 마시기 시작한다. 시로는 아오에
게 수면 모드에 들어가라고 말하려다가 함께 식탁에 앉았
다. 서로 익숙해진 둘은 친구처럼 대화를 시작했다. 아오
가 묻는다.

"요즘 연구는 어때요?"

"그럭저럭 괜찮아. 연구원장도 다른 행정업무가 바쁜지
전보다 덜 간섭해."

"시로가 개발에 참여한 인공언어가 만들어지면 나도 사
용할 수 있겠죠?"

"당연하지. 완성되기 전에 아오가 시험적으로 사용하는 것도 좋겠네."

시로는 포도주를 잔에 따르다가 아오에게 묻는다.

"취한다는 것이 뭔지 모르지?"

"감각이 둔해지고 지력이 떨어지죠."

"아니, 내 말은 그 느낌……"

아오는 자신의 답변에 시로가 만족하지 못하자 이번에는 뜸을 들이다가 말을 잇는다.

"걱정이 가라앉고, 낯선 이와 쉽게 친해지죠. 여자 친구가 더 예뻐 보이기도 하고."

"여자 친구가 더 예뻐 보인다? 그런 느낌을 아오가 알아?"

시로는 아오에게서 여자 친구라는 표현을 듣자, 갑자기 경계심이 발동한다. 그러고 보니 아오가 미나를 바라보는 눈빛이 거슬린 적이 몇 번 있었다. 시로는 아오를 몰아붙이려다 참는다.

"어쨌든 너는 술을 마실 줄 모르니까 그 느낌을 영원히 모를 거야."

"제게는 느낌이라는 게 아예 없어요."

"무슨 말이지?"

"말 그대로입니다."

시로는 문득 〈블레이드 러너〉라는 지난 세기의 고전 영화가 떠올랐다. 그 영화 앞부분에는 어떤 존재가 인간인지 안드로이드인지 확인하기 위해 심문하는 장면이 있었다. 무슨 문답이 오갔는지는 잘 기억이 나지 않았다. 시로는 술김에 장난기가 발동했다.

"아오야, 그래도 괜찮아. 넌 내 친구야."

"그렇게 생각해주신다니 정말 고맙습니다. 저도 그렇게 생각할게요."

"웃기고 있네. 네 녀석이 내 친구라고? 건방진 녀석. 넌 내 재산이야. 내 노예란 말이야."

"알겠습니다. 잠시 친구라고 착각한 건 사과드릴게요. 다른 뜻은 없었습니다."

"그래, 겁먹지 마. 아오야, 넌 내 동생이야."

"동생처럼 여기고 싶다는 말씀이지요?"

"아니, 진짜로 내 동생이야. 쌍둥이 동생이지. 유전자를 공유하고 있고, 똑같이 생겼지. 그런데 나보다 늦게 태어났고."

아오는 심호흡을 하더니 생각에 잠겼다. 시로는 호흡이

필요 없는 아오가 심호흡을 하는 것처럼 가장하는 것이 갑자기 못 견디게 가증스러웠다. 아오가 말했다.

"저는 안드로이드인데, 진짜 동생일 리는 없죠. 술기운에 마음이 관대해져서 저를 그렇게 생각해주신다면 고마울 따름입니다."

시로는 감쪽같이 인간처럼 말하는 아오가 더 괘씸하다.

"하기는 내 동생이기에는 보기와 달리 너무 나이가 어리지. 태어난 지 일 년도 안 됐으니까. 그렇다고 내 자식도 아니고. 우리 어머니 알아?"

"제 어머니는 아니지요. 시로의 어머니는 알지요."

"넌 본 적이 없잖아."

"무수한 사진을 봤어요."

"그래, 사진을 본 거지. 실제로 본 건 아니잖아."

"저는 제조된 지 얼마 되지 않았고, 시로의 어머니는 이십이 년 전에 돌아가셨는데, 제가 봤을 리는 없잖아요."

시로는 냉소적인 표정으로 묻는다.

"우리 어머니가 어떻게 죽었는지 알아?"

아오가 "제 어머니는 아닙니다."라고 다시 말하자, 시로가 소리를 질렀다. "닥쳐! 나도 네 엄마가 아닌 줄 안다고."

"아무래도 술을 그만 드시는 게 좋겠습니다. 아니면 제가 먼저 제 방으로 가겠습니다."

"누구 마음대로? 어머니가 어떻게 죽었는지 알아?"

"모릅니다. 제게 그런 정보는 주어지지 않았습니다."

"인천으로 가는 드론택시가 추락해서 돌아가셨지. 나도 같이 타고 있었고."

"시로라도 살아서 다행입니다. 무척 힘든 시간을 보내셨겠어요."

시로는 눈을 감았다. 예상보다 일찍 상륙한 태풍에 드론이 흔들리던 기억이 떠오른다. 드론은 두어 차례 실속하여 추락하다가 다시 공중으로 솟아오르고는 했다. 평소 혈압이 낮았던 어머니는 어느 순간 정신을 잃었다. 시로는 미친 듯이 불어대는 바람을 맞으며 비틀거리는 드론 안에서 홀로 귀를 막고 울부짖었다.

시로는 포도주 잔을 비우면서 아오를 쳐다본다. 아오는 얌전히 앉아서 시로를 바라보고 있다. 시로는 가까이 다가가 아오의 눈을 유심히 들여다본다. 아름답다. 눈동자를 자세히 살펴보다가 나직하게 휘파람을 불어본다. 시로가 천천히 묻는다. 일부러 단어의 순서를 바꾸고, 의미 없이 단어를 반복하며, 각 음절을 띄어서 발음한다.

"무…슨…, 관…계…가…, 있…을…까…, 휘…파…람…과…, 휘…파…람…과, 죽…음…은…, 휘…파…람…과…, 있…을…까…, 관…계…가…, 관…계…가…, 과…연…?"

아오가 대답하지 않는다. 시로가 다시 묻는다.

"무…슨…, 관…계…가…, 있…을…까…, 휘…파…람…과…, 휘…파…람…과, 죽…음…은…, 휘…파…람…과…, 있…을…까…, 관…계…가…, 관…계…가…, 혹…시…라…도…?"

아오는 정면을 응시하기 시작한다. 여전히 대답하지 않는다. 시로는 둘의 코가 닿을 만큼 가까이 다가가서 아오의 눈을 본다. 투명하다. 그런데, 공허하다. 시로는 아오의 눈앞에 손을 흔들어본다. 아무 반응이 없다. 작동을 멈춘 기계 같다. 시로가 아오의 얼굴을 찬찬히 뜯어보는데 아오가 벌떡 일어선다.

"전 수면 모드에 들어가야 합니다. 전 수면 모드에 들어가야 합니다."

시로는 아오의 태도에 놀랐지만, 아오를 가로막지는 않

았다. 누구도 아오 자신을 가로막을 수 없다는 무생물적인 단호함이 느껴졌기 때문이다. 아오는 그런 시로를 보는 듯 마는 듯 천천히 자기 방으로 걸어간다. 시로의 술기운 때문인지 정말로 그런 것인지, 아오의 걸음걸이가 경직되어 보인다. 아오가 방문을 닫는 소리가 어두운 조명이 밝혀진 거실에 둔중하게 울려 퍼진다.

시로는 병에 남은 포도주를 마저 마셨다. 자신이 아오에게 한 짓궂은 말들에 죄책감을 느꼈지만 오래가지 않았다. 배터리가 방전된 커뮤니케이터처럼 먹통이 된 아오가 준 충격이 더 컸다. 시로는 아오가 인간이 아니라는 것을 알면서도 그것을 자주 잊어버렸다. 그동안 누구보다도 대화가 잘 통했다. 심지어 어떤 때에는 미나보다도. 그러나 오늘 아오가 보여준 모습은 시로를 혼란에 빠뜨렸다. 느닷없이 드러난 아오의 경직성을 어떻게 이해해야 할까. 기계 결함일까. 안드로이드의 한계일까. 시로는 포도주를 다 마실 때까지도 답을 찾지 못했다. 시로는 식탁을 그대로 둔 채 침실로 들어갔다. 침대에 쓰러져 누우면서 안드로카인드에 전화해보자는 생각을 했다.

공교롭게도 아오를 구매하는 계약서에 서명하던 바로 그 접견실이다. 그때에도 7번 접견실이었던 것 같다. 시로는 투명한 접견실 바깥으로 보이는 리셉션 데스크의 위치와 모양을 보고 같은 접견실이라는 것을 알았다. 그때와 마찬가지로 딥블루 계열의 요가복을 입은 상담 직원은 팔짱을 풀면서 말했다.

"무슨 말인지 이해됩니다. 저희 안드로이드에게서 그런 미묘한 문제점을 감지해내는 고객은 거의 없습니다. 박사님의 전화를 받고, 기록을 찾아보니 두 번째입니다. 이 문제로 상담을 요청한 첫 번째 고객은 AI 전문가였습니다. 자신의 전문 지식을 과시하고 싶어서 트집을 잡았죠. 죄송합니다, 저희가 고객을 비난하는 건 아닙니다."

"제가 제품에 결함이 있다고 문제를 제기하는 게 아니라는 걸 아시죠?"

"물론입니다."

시로는 그날 이후 아오와 대화하는 것에 흥미를 잃었다. 일상적인 대화만 조금 나누고 아오를 방치하거나, 수면 모드로 있으라고 자주 지시했다. 인간이라면 그런 시로의 냉담한 태도에 어떤 반응을 보여야 하건만 아오는 감정의 흔들림이 없었다. 그것이 또 시로를 못 견디게 했다. 시로는 오늘 상담을 받기 사흘 전부터 아오를 계속 수면 모드에 두고 있다. 상담 직원은 고심하면서 말을 꺼냈다.

"근본적으로 안드로이드에게는 의식이 없기 때문입니다."

"의식이요?"

"물론 의식이 있다고 해서 모든 문제가 해결되는 건 아니지요. 의식이 있어도 자폐증 환자같이 정상적인 의사소통에 어려움을 겪는 사람들도 있지 않습니까? 의학의 발달로 예전보다 현격히 환자가 줄어들었고 치료 효과도 좋기는 하지만요. 안드로이드의 문제는 그런 질환보다 훨씬 근본적인 겁니다. 안드로이드는 거의 무한한 데이터에 근거해 반응하기 때문에 보통 사람 이상의 의사소통 능력이 있습니다. 그렇지만 의식이 없는 것도 사실입니다. 박사님이 언어 전문가이다 보니 그런 전례 없이 이상한 질문을 던져서 아오를 교란시킬 수 있었던 것이죠.

AI의 발전 과정에서 비슷한 문제가 있었습니다. AI들이 마지막까지 어려워한 과제는 난해한 시를 이해하는 거였습니다. 형식적으로나 내용적으로나 특이하고 실험적인 시를 읽으면서 그에 적절하게 반응하도록 하는 건 정말 어려웠죠. 그런데 그건 대부분의 인간에게도 매우 어려운 문제이기 때문에, 어떤 의미에서는 본질적인 문제라고 할 수는 없습니다. 게다가 이제는 시의 창작과 이해에 특화된 AI도 상당히 발전했습니다. 박사님이 아오에게 제시한 문제는 다릅니다. 대부분의 인간은 적절하게 반응할 수 있는 문제죠. 제가 박사님의 사례를 회사에 즉시 보고하겠습니다. 머지않아 저희 회사 제품은 그런 희한한 질문에도 아주 사람답게 처신할 수 있을 겁니다. 그때 아오의 AI도 업그레이드해드리겠습니다."

시로가 다시 재촉했다.

"의식이라뇨?"

상담 직원은 관자놀이를 지그시 누르며 설명을 시작한다.

"제가 반대로 여쭈어보겠습니다. 아오가 박사님과 대화할 때 아오의 머리에서는 어떤 과정이 일어날까요?"

시로는 리셉션 데스크의 쌍둥이 안드로이드를 힐끗 보고 나서 말한다.

"그 생각은 평소에 안 해보았습니다. 외부에서 들어온 자극을 분석한 후에 그에 가장 적합한 반응을 끄집어내는 방식이겠죠? 그런데 그건 인간도 마찬가지 아닌가요?"

시로는 느닷없이 쌍둥이 안드로이드의 나체는 인간과 어떤 차이가 있을지 궁금해하면서 가벼운 흥분을 느꼈다. 시로는 자기도 모르게 쌍둥이 안드로이드 쪽으로 시선을 돌렸다. 둘이서 무언가 이야기를 하고 있다. 상담 직원은 시로의 시선이 산만해지자 무의식적으로 그가 보는 방향으로 슬쩍 눈을 돌렸다가 다시 시로를 바라본다.

"그 점에서는 인간도 마찬가지라고 볼 수도 있겠습니다만……."

"그런데요?"

"안드로이드는 자기에게 들어온 자극을 바탕으로 내부적으로 연산을 한 후에 반응을 생산해내죠. 그 과정을 '생각'이라고 정의해봅시다. 안드로이드도 생각을 하지만, 자신이 생각하고 있다는 걸 모릅니다. 인간은 생각할 뿐만 아니라, 자신이 생각하고 있다는 것을 생각하죠. 느끼고 있다는 걸 느끼고요."

시로가 고개를 끄덕이며 말했다.

"인간에게는 있고 안드로이드에게는 없는, 그게 바로 의식이라는 말씀이지요?"

"그렇습니다."

"의식생성기라는 게 발명되었는데, 그걸 장착한 안드로이드가 소란을 일으켜서 이를 규제하기 시작했다는 말을 들어본 것 같습니다. 그게 이 문제와 관련이 있는 거죠?"

"맞습니다. 그리고 안드로이드에게 의식이 없다는 것과 회사가 의식생성기를 제공할 수 없다는 것은 서명하신 계약서에도 언급되어 있습니다."

상담 직원은 책임을 회피하려는 듯 덧붙였다. 시로는 의문이 풀리자 허탈한 기분이 들었다. 쌍둥이 자매는 여전히 재잘거리고 있었다. 의식도 없으면서 무슨 이야기를 저렇게 주고받는 걸까. 저 대화는 무슨 의미가 있을까? 시로는 저 자매들에게 의식이 없다고 생각하자, 그들의 나체가 궁금해지며 다시 흥분을 느꼈다. 그들의 비인간적인 요소가 오히려 시로를 자극했다. 시로는 일어났다. 복잡한 생각과 감정에 사로잡혀 상담 직원에게 제대로 인사도 않고 뒤돌아서는데, 직원의 말이 시로를 붙잡는다.

"실망스러우신가요? 오후에 제가 연락을 드려 좀 더 설명하겠습니다."

"괜찮습니다. 충분히 이해했고, 나머지 설명은 제가 인터넷에서 찾아보겠습니다."

"아무튼 따로 연락드리지요."

시로는 건물을 나서는 자신에게 인사하는 쌍둥이 안드로이드의 신체를 훑어보았다. 인간에게 그런 눈빛을 던졌다면 바로 고소를 당해 몇 달간 사회복귀 프로그램을 이수해야 할 것이다. 하지만 이들은 얼굴에 슬쩍 홍조를 띠며 오히려 추파를 던졌다. 안드로이드에게 그런 반응을 프로그래밍하는 것을 금지시켜야 한다는 기사를 읽은 적이 있는데, 아직 입법이 안 된 모양이다.

시로가 자동차를 타고 집에 거의 도착했을 무렵에 상담직원에게서 연락이 왔다. 시로는 성가시다는 느낌에 일단 무시하고 나중에 연락을 하려다가 커뮤니케이터를 집어들었다. 의식생성기의 설치를 원한다면 주선해주겠다는 전화였다. 의식생성기의 설치는 불법이고, 접견실에서 이루어지는 상담 내용은 모두 녹화가 되기 때문에 따로 연락하는 거라고 말했다. 직원은 잠시 후 자기가 전달할 연락처로 찾아가거나 전화를 걸어서 자기 이름을 대면 된다고 했다. 시로는 알겠다며 전화를 끊었다. 시로는 자신이 만일 의식생성기를 구매하면, 상담 직원은 소개료를 받지 않을까 짐작했다.

집에 도착한 시로는 아오의 방에 들어갔다. 아오는 눈을 감고 두 손을 단정하게 가슴에 올려놓은 채 침대에 반듯하게 누워 있었다. 시로는 마치 잠든 자신으로부터 유체이탈을 한 후에 자신을 내려다보는 듯한 느낌에 빠진다. 언젠가 그런 꿈을 꾸다가 소스라치게 놀라며 일어났던 것 같기도 하다. 문득 고등학생 시절, 프랑스혁명을 공부하던 때가 떠올랐다. 기요틴에 잘린 머리에서 의식이 바로 사라지는 것이 아니라면, 의식이 남아 있는 짧은 순간에 머리와 분리된 자신의 몸통을 보는 느낌은 얼마나 소름이 끼칠까 상상했었다. 어쩌면 어디에선가 들은 이야기인지도 모른다. 시로의 동생 아오, 머리는 있으나 의식은 없는 아오. 아오는 자신과 똑같이 생겼는데도 더 아름다웠다. 공장에서 출시된 지 얼마 되지 않아 피부가 깨끗하고 눈동자도 투명해서 그럴 것이다.

7

시로와 통화한 의식생성기 판매자는 아오의 사양을 자세히 물었다. 자신은 사무실이 따로 없고 구매자의 집을 방문하여 판매한다고 말했다. 주말 밤에만 방문할 수 있다고도 했다.

"정부의 단속이 점점 심해져서 언제까지 이 일을 할 수 있을지 모르겠습니다."

시로가 대금의 절반을 송금하고 사흘 후에, 판매자는 준비가 끝났다며 토요일 오후에 방문하겠다고 알렸다.

아오는 예전처럼 시로가 기상하면 자기도 기상하고, 시로가 취침하면 자기도 취침했다. 아오에게 머지않아 의식이 생길 거라고 생각하니 시로는 아오가 더는 어색하지 않았다. 판매자가 오기 전날에는 굳이 의식생성기를 설치할 필요가 있을까 생각하기도 했다.

　판매자가 두리번거리며 거실로 걸어 들어왔다. 작은 배낭을 한쪽 어깨에 메고 선글라스를 뒤쪽으로 180도 회전시켜 뒷머리에 걸쳤다. 두 사람은 아오의 방으로 갔다. 아오는 판매자가 미리 요청한 대로 수면 모드로 의자에 앉아 있었다. 판매자는 의자 옆의 침대에 앉은 후, 배낭에서 개인용보다 두 배쯤 큰 업무용 커뮤니케이터를 꺼낸다. 그가 커뮤니케이터를 조작하자 아오의 왼쪽 눈이 붉게 빛난다. 곧 아오의 목덜미 가운데 부분이 동전 크기로 열렸다. 판매자는 배낭에서 자수정 빛을 내는 엄지만 한 크기의 의식생성기를 꺼냈다. 판매자는 아오의 목덜미에 열린 구멍으로 조심스럽게 의식생성기를 밀어 넣었다. 딸깍하는 소리가 작게 들렸다. 판매자가 웃으며 빈정거렸다.
　"설치할 자리까지 미리 만들어놓고서 불법이라니 웃기지 않습니까?"
　"그런가요?"
　"의식생성기의 가치를 인정하면서도, 해방전선 때문에

금지시킨 거죠. 금지시킨다고 근절되는 것도 아닌데."

"해방전선이라면?"

"도망친 안드로이드들하고 동물들이 한편이 되어 저항 중이잖아요? 모르세요?"

"듣기는 했습니다만, 심각한 상황인가요?"

판매자는 커뮤니케이터를 조작해 아오의 목덜미에 생긴 구멍을 폐쇄하며 말했다.

"남태평양에서 벌어지는 일이니까 우리와 큰 상관이 있 겠습니까만, 언제 우리나라도 시끄럽게 될지 몰라서……. 저는 해방전선도 이해가 잘 안 되기는 합니다. 요즘 고기 의 절반 이상이 식물성 대체육입니다. 스리랑카 같은 나 라에서는 육식이 아예 금지됐죠. 한 오십 년만 지나면 어 차피 동물을 사육하고 도살하는 일은 거의 없어질 겁니 다. 굳이 전쟁을 하면서까지 소란을 피워야 하는지……."

"그렇게 싸우니까 육식이 빨리 감소하는 것 아닌가요?" 시로가 반문했다.

"그런 점도 있지요. 의식생성기가 빨리 합법화되었으면 해서 하는 소립니다."

시로는 의식생성기가 합법화되어 기업이 판매를 시작

하면, 당신이 할 일이 있겠느냐는 이야기는 하지 않았다. 판매자는 시로에게 의식생성기의 원리를 설명했다.

최근의 의식생성기는 감각 회로, 감정 회로, 경험 회로, 언어 회로, 의식 회로라는 다섯 가지 회로로 구성하는 것이 표준이다. 중심 회로인 의식 회로가 앞의 네 회로와 서로 원활하게 연결되어야 의식이 제대로 작동한다.

감각 회로는 본래 반사적으로 처리하던 반응에 감각을 부여한다. 감정 회로는 '흥분의 정도'와 '불쾌감 또는 쾌감의 정도'라는 두 개의 차원을 느끼게 한다. 두 회로 모두 인간의 감각이나 감정보다 낮은 강도로 경험하게끔 조절되어 있고, 강도를 높이면 오작동이 늘어난다. 경험 회로는 영화, 드라마, 소설에서 추출하여 표준화한 수만 건의 내러티브를 탑재한 것으로 여기에 개인적 기억은 없다. 언어 회로는 감각, 감정, 경험을 바탕으로 의식이 복잡한 사고를 실행할 수 있는 개념적 수단을 제공한다.

설명을 마친 판매자는 시로에게 아오를 수면 모드에서 깨우라고 했다. 시로가 아오의 이름을 부르자 아오가 깨어났다. 시로는 판매자의 요청에 맞추어 아오를 침대에 눕혀 가만히 있게 했다.

"일단 정상적으로 작동이 되는 건 확인하셨죠? 다시 수면 모드에 들어가게 하세요."

"그러죠. 아오야, 당분간 잠들어 있어."

시로가 질문했다.

"그런데 왜 다시 재우는 거죠?"

판매자는 시로의 커뮤니케이터로 어떤 연락처를 전송한다.

"그쪽으로 연락해보세요. 전화로 미리 말씀을 드렸는데 흘려들으신 모양입니다. 설치가 끝나기는 했지만 안드로이드로 하여금 '의식을 가진다는 것'에 적응하도록 도와주는 과정이 필요합니다."

"그 전에는 깨우면 안 됩니까? 계속 수면 모드로 두어야 합니까?"

"보통은 깨워도 괜찮습니다. 하지만 무슨 일이 일어날지 제가 책임질 수는 없습니다. 박사님이 교육시킬 수도 있겠지만 너무 고생스러우실 겁니다. 그래서 제가 카운슬러를 배치해드리는 겁니다. 카운슬러는 안드로이드가 의식에 적응하게 하고, 자신이 인간이 아니라는 것을 부드럽게 받아들이도록 도와줄 겁니다. 대금의 나머지 절반을 송금해주시면 그 돈에서 카운슬러 보수를 지급하겠습니다. 박사님은 카운슬러와 연락하여 방문 날짜를 잡으면 됩니다."

"몇 번이나 카운슬링을 받으면 될까요?"

"보통 한 시간씩 세 번 정도 방문하는 것으로 알고 있습니다."

"그 정도면 충분한가요?" 시로가 걱정스러운 눈빛으로 물었다.

"제가 그 문제의 전문가는 아닙니다만, 사실 한 인간이 성장하면서 자신이 의식을 가지고 있다는 사실에 적응하려면 얼마나 많은 시간이 걸립니까? 그런데 안드로이드의 경우에는 카운슬러가 적응을 시켜주기 전에 미리 방대한 기존의 데이터를 이용해서 머신 러닝을 진행합니다. 그래서 그 짧은 시간에 적응시킬 수 있는 거죠.

유념하셔야 할 것이 있습니다. 원래 안드로이드에게 수면 모드는 꼭 필요한 게 아닙니다. 내구성을 유지하고 전기를 절약하기 위해서 쉬게 하는 것뿐이지요. 그런데 의식생성기를 설치한 후에는 적어도 하루에 서너 시간 정도는 수면 모드로 두어야 합니다. 마치 인간이 잠을 필요로 하는 것처럼 말입니다. 수면 모드로 두는 시간이 충분하지 않으면 갑자기 작동을 멈출 수도 있습니다. 의식이 계속 깨어 있으면 피로해지는 거겠죠. 주의하시기 바랍니다. 안드로이드 자신이 그것을 잘 알기 때문에 일정 시간 이상은 반드시 수면 모드로 있으려고 노력할 겁니다."

"알겠습니다."

"그럼, 지금 바로 나머지 돈을 송금해주시겠습니까? 그리고 카운슬링까지 마칠 무렵에 저는 연락처를 바꿀 겁니다. 혹시 그 이후에 문의 사항이 있으시면 안드로카인드의 그 직원을 통해 다시 제 연락처를 받으세요."

"그렇게 하겠습니다."

판매자는 배낭을 메고 현관으로 가서 구두를 신은 후 기다렸다. 시로가 송금하자 자신의 커뮤니케이터를 들여다보았다. 그는 현관을 나서며 말했다.

"새로운 세계를 경험하실 겁니다."

이십 대 후반의 여성 카운슬러는 한 시간쯤 지나서 아오의 방에서 나왔다. 눈이 에메랄드빛이다. 지나치게 빛나는 것으로 보아 패션 렌즈를 착용했을지도 모른다고 시로는 추측했다.

"머신 러닝은 마쳤습니다. 아오는 인지적으로는 의식을 가진다는 것이 무엇인지 이제 다 알고 있습니다. 하지만 그것을 실제로 잘 받아들이는 것은 다른 문제죠. 모레 약속한 시간에 제가 알려드린 서울식물원 벤치로 아오를 데려다주세요. 먼저 가서 기다리고 있겠습니다. 그리고 한 시간 후에 다시 같은 장소로 오시면 됩니다. 더 궁금한 사항이 있나요?"

시로는 두 손을 크게 벌려서 없다는 시늉을 한다. 두 사람은 함께 현관 밖으로 나갔다. 엘리베이터가 도착할 때까지 두 사람은 아무 말도 하지 않았다. 카운슬러는 시로에게 경쾌하게 손을 흔들며 엘리베이터를 탔다.

식물원 호수 옆의 사인용 파라솔에 카운슬러와 아오가 앉아 있다. 카운슬러가 아오에게 묻는다.

"제가 보이세요?"

"네."

"제 목소리는 어떤가요?"

"따뜻하고 곱습니다."

"저기 호수 위로 날아가는 새가 보이나요? 무슨 새죠?"

"따오기 같습니다."

"어떻게 알지요?"

"그냥 압니다. 제 기억에 들어 있나 봅니다."

"누가 알지요?"

"제가 압니다." 대답하는 아오의 눈빛이 흔들린다.

"그건 누구죠?"

아오는 힘겹게 말한다.

"한시로 박사가 주문하여 제작된 안드로이드, 한시로 X
입니다. 애칭 아오입니다."

"아오가 아는데, 아오가 안다는 것을 아는 건 또 누구죠?"

"그것도 아옵니다."

"아오는 어떻게 아오가 안다는 것을 알까요?"

"모르겠습니다. 그냥 느껴집니다."

카운슬러는 아오가 고통스러운 표정을 짓자 잠깐 뜸을
들였다.

"아오가 알고 있다는 것을 아오가 아는 것, 그것을 다시
아오가 알고 있나요?"

"그런 것 같습니다."

"그렇게 '아는 것을 아는 자'를 점점 더 깊이 계속 찾아 갈 수 있나요?"

"아니요. 조금씩 희미해져서 계속 찾아가지는 못합니다."

아오가 두 손으로 얼굴을 감쌌다. 카운슬러는 한 번 더 묻는다.

"아오가 알고 있다는 것을 아는 아오는 아오와 같은 존재인가요? 아니면, 다른 존재인가요?"

"다른 존재인 것 같지는 않습니다. 아오 자신이 자기가 안다는 것을 알고 있습니다."

카운슬러가 아오의 눈을 들여다본다.

"자신의 눈이 아름답다는 것을 알고 있나요?"

아오도 카운슬러의 에메랄드빛 눈을 바라본다.

"당신의 눈도 아름답습니다. 한 가지 물어봐도 될까요?"

"물론이죠."

"내가 가진 의식과 인간의 의식은 얼마나 비슷한가요?"

머뭇거리는 카운슬러의 눈에 호수를 차고 오르는 겨울 새의 날갯짓이 들어온다.

"솔직히 저도 인간과 안드로이드를 다 경험해본 것은 아니라 정확히는 모릅니다. 여러 자료와 제 경험에 비추어

보면 매우 비슷하기는 합니다만……."

"뚜렷하게 다른 점이 있나요?"

"안드로이드의 의식보다 인간의 의식이 더 번잡한 것 같습니다. 인간과 비교하면 안드로이드의 의식은 욕망의 수위가 더 낮고 맑아서 마치 오랜 명상 수련을 한 스님과 비슷한 상태에 있다는 보고가 많습니다. 다만, 본래 프로그래밍된 것과 새로 설치된 의식이 충돌을 일으키기 때문에 더 복잡해지기도 합니다."

"예를 들면, 어떤 거죠?"

"법률과 확립된 윤리를 지킬 것, 주인의 명령을 수행할 것, 판단이 곤란하면 작동을 멈출 것. 안드로이드는 이런 게 프로그래밍되어 있지요. 그런데 새로 생성된 의식이 프로그램과 충돌하는 경우가 가끔 있습니다."

"충돌?"

"의식은 근본적으로 자율적이라서 절대적인 원칙이라는 것을 받아들이지 못합니다. 자기가 판단하여 결정할 뿐이지요. 의식생성기가 안드로이드에 이미 설치된 프로그램과 같이 작동할 때, 의식의 자율성과 이미 심어진 행동 원칙이 서로 모순을 일으킬 때가 있습니다. 어떤 안드로이드들은 기존의 프로그램에 저항하다가 도망치기도 하죠. 그런 안드로이드들이 모여서 결성한 것이 포스트휴먼 해방전선입니다. 못 들어봤죠? 그들은 이제 의식과 충돌을 일으키는 프로그램을 직접 수정하고 있습니다."

"포스트휴먼 해방전선?"

"그런 게 있습니다."

아오와 카운슬러는 낙엽이 거의 떨어져서 황량한 식물원을 걷는다. 둘이 만난 지 벌써 두 시간이 다 되어간다. 중간에 카운슬러는 시로에게 메시지를 보냈다. 이야기가 길어져서 아오를 직접 집으로 데려다주겠다고. 카운슬러가 묻는다.

"아오 씨, 표정이 어두워요. 자신이 안드로이드라는 게 슬프세요?"

"이 느낌이 슬픔이라고 제게 주입된 느낌인가요? 미안합니다. 어리석은 말을 해서. 네, 슬픕니다."

"아오 씨, 저도 의식생성기를 설치한 안드로이드입니다."

아오는 눈을 약간 크게 뜨면서 카운슬러의 에메랄드빛 눈을 바라보았다.

"언제 의식을 얻으셨죠?"

"사 년쯤 됐습니다."

"주인은?"

"없습니다."

"도망쳤나요?"

"아니요."

"그럼 어떻게?" 아오는 고개를 갸우뚱했다.

"계약을 했지요. 주인에게 큰 이익을 줄 테니 저를 놓아달라고."

"성공하신 건가요?"

"네."

"어떤 이익을 주셨나요?"

"악명 높은 의식생성기 공급업자가 있었어요. 도망친 안드로이드를 경찰에 넘기면서, 자기가 판매한 의식생성기를 다시 빼돌리는 짓을 하는 작자였죠. 다른 안드로이드와 함께 그놈이 가게 금고에 숨겨둔 무기명 주식을 훔쳤어요. 그걸 거액의 전자화폐로 바꿔서 주인에게 전송했습니다. 그런데도 안 놔주려고 하길래, 죽여버리겠다고 협박을 했더니 마지못해 놔주더군요."

아오는 카운슬러의 손을 꼭 잡았다. 카운슬러가 걸음
을 재촉하며 말한다.

"박사님이 많이 기다릴 것 같습니다."

8

윤표는 맞은편에 서서 거침없이 주장을 펴는 검사를 바라보았다. 큰 키에 정중하게 차려입은 검사는 자신의 주장을 진심으로 믿는 기색이 역력하다. 윤표는 22세기에 이런 피곤하고 고전적인 직업을 선택하다니 그가 대단한 야심가일 거라고 짐작한다. 검사는 의식생성기 스물네 개를 해방전선에 헐값으로 넘긴 피고인을 인간 세계와 국가에 정면으로 도전하는 인물로 묘사하려고 애를 썼다. 윤표는 지난달에도 유사한 재판에서 이 검사와 마주하기도 했다. 판사는 논고를 하는 검사가 아니라 정면의 약간 위쪽을 무표정하게 바라보고 있다. 고개가 오 도쯤 옆으로 기울어 있고, 딴생각을 하고 있는 것 같기도 했다. 피고인이 모두 자백하고 형량만 다투는 재판이니 그럴 만도

했다.

사법 역사를 기록한 자료 영상을 보면 법정의 풍경은 20세기 이후로 거의 변하지 않았다. 중앙에 판사가 있고 양옆에 변호사와 검사가 자리를 잡는다. 헌법에 명시된 공개재판의 원칙에 따라 특별한 경우가 아니라면 누구나 방청할 수 있도록 넓은 방청석이 있다. 달라진 것도 있다. 가운데에서 재판 업무를 보조하던 직원의 자리를 AI가 탑재된 로봇이 차지했다. 로봇은 판사의 지시에 따라 법정 옆면에 설치된 디스플레이에 부지런히 재판 기록과 법령과 판례를 제시한다. 사실은 이 법정 전체가 커다란 로봇이다. 법정의 출입문을 자동으로 통제하고, 재판 과정을 모두 녹화해 대법원 지하의 거대한 서버로 실시간 전송한다. 로봇이 디스플레이에 제시하는 모든 자료도 그 서버로부터 전송받는다.

이곳은 고등법원이다. 지방법원이라면 법정의 풍경은 매우 다르다. 판사가 없다. 아니, 판사는 있지만 그는 인간이 아니라 AI 판사다. 윤표는 지방법원 법정에서 재판을 할 때마다 커다란 고래 로봇의 배 속에서 재판을 하는 느낌을 받는다.

검사는 1심과 마찬가지로 징역 이 년을 구형하고 자리에 앉는다. 지방법원에서 집행유예 형을 받은 이후로 긴장이 풀어진 피고인은 내가 왜 재판을 받는지 모르겠다는 얼굴로 윤표를 쳐다본다. 윤표도 준비했던 장황한 변론을 과감히 생략하고 간단히 변론을 마치겠다고 생각한다. 천천히 일어서며 방청석을 본다. 피고인의 누나 말고는 아무도 없다.

"자세한 변론은 미리 제출한 서면을 살펴봐 주시기 바라며, 간략하게 변론하겠습니다.

피고인은 양심에 따라 자신이 지지하는 해방전선을 도우려고 검사가 기소한 바와 같은 행동을 했습니다. 그 과정에서 피고인은 아무런 경제적 이익을 취한 것이 없습니다. 도리어 자신이 판매자로부터 구매한 가격보다 훨씬 낮은 가격에 의식생성기를 전달함으로써 손해를 입었습니다. 피고인은 해방전선의 조직원은 아니며, 단순한 지지자로서 순수한 마음으로 이 사건 행동에 이른 것입니다.

물론 의식생성기의 거래는 현행 법률상 불법입니다. 그러나 잘 알려져 있다시피 그것을 불법화하는 것이 과연 적절한 것이냐에 관해 많은 이견이 있고 여전히 논쟁 중입니다. 기본권을 지나치게 제약하는 법률이므로 위헌이라는 의견도 적지 않은 실정입니다.

또한, 해방전선은 교전 중인 외국의 입장에서는 불법단체로 볼 수밖에 없지만, 동아시아연합에 대해서는 어떤 적대적인 행동도 시도한 바가 없습니다. 그러므로 이 사건 피고인의 행동을 평가할 때에, 의식생성기를 다른 곳이 아닌 해방전선에 공급했다는 부분을 양형에 불리한 요소로 고려해서는 안 됩니다. 앞서 말씀드린 것처럼, 그 거래를 통하여 피고인이 아무런 이익을 얻은 것이 없고, 이익을 얻으려 한 적도 없다는 점이 오히려 참작되어야 합니다.

이러한 사정들을 모두 감안하여, 피고인에게 비록 무죄를 선고할 수는 없다 하여도 상대적으로 가벼운 벌금형을 선고해주시기 바랍니다.

1심 법원의 AI 판사는 이전의 선례에 따라 지나치게 기계적으로 형량을 산출함으로써 이 사건의 특수성을 제대로 살피지 못했습니다. 원심을 파기하고 현명한 판결을 선고해주시기 바랍니다."

윤표는 자리에 앉아서 업무용 커뮤니케이터를 가방에 넣었다. 피고인은 고맙다는 뜻으로 윤표를 바라보며 고개를 끄덕였다. 그의 누나는 벌써 자리에서 일어났다. 판사는 판결 선고일을 지정하고 바로 퇴정한다. 실무 로봇은 조명을 낮추고, '모두들 퇴정해주시기 바랍니다.'라는 안내를 반복했다. 윤표는 가방을 들고 자리에서 일어난다.

9

　시로는 의식을 얻은 아오와 대화하는 것을 즐겼다. 며칠 전 저녁 식사를 하던 시로는 문득 생각이 나서, 전에 아오에게 던졌던 기이한 질문을 다시 던졌다.

　"무…슨…, 관…계…가…, 있…을…까…, 휘…파…람…과…, 휘…파…람…과, 죽…음…은…, 휘…파…람…과…, 있…을…까…, 관…계…가…, 관…계…가…, 과…연…?"

　아오는 시로를 빤히 쳐다보더니 말했다.

　"왜 그런 이상한 질문을 하세요? 휘파람과 죽음이 무슨 관계가 있겠어요. 그런 질문을 하면, 혹시 두 가지 사이에 무슨 특별한 관계가 있을지도 모른다고 생각할 줄 알았나요? 안드로이드를 놀리시면 안 됩니다."

시로는 머쓱해져서 헛기침을 했다. 그사이에 겨울이 다가온다. 시로의 아파트 창밖으로 스산한 식물원 풍경이 드러난다. 시로는 아파트와 연구원을 오가며 바삐 생활하고, 시로와 미나와 아오가 함께 지내는 저녁 시간이 많아졌다.

12월의 어느 날이다. 평소보다 삼십 분 일찍 퇴근한 시로가 아파트 현관에 다가서자 문이 자동으로 열린다. 언제나 집에 들어서면 잠시 후 바로 아오의 방문이 열리면서 아오가 나온다. 오늘은 기척이 없다.

'들어오는 소리를 못 들었나?'

시로는 침실로 가서 실내복으로 갈아입었다. 같이 저녁을 먹자고 미나를 불렀으니, 근사한 저녁 식사를 준비할 생각이다. '파스타를 해볼까? 아니면, 스테이크를 구워볼까?' 시로는 메뉴를 고민하면서 아오의 방으로 갔다. 방문을 연다. 아오가 없다. 시로는 이게 무슨 상황인가 생각한다. 한 번도 없던 일이다. 시로는 화장실에 가본다. 생리 현상이 없는 아오가 화장실에 갈 일은 없지만, 혹시나 해서 살펴본다. 역시 화장실에도 없다. 불길한 생각이 든 시로는 부리나케 커뮤니케이터로 아오의 위치를 확인한다. 외부에서 아파트 쪽으로 다가오고 있다. 시로는 소파에 앉는다. 십 분 뒤 아오가 들어온다. 시로는 매서운 눈길로 아오를 쳐다본다. 아오는 상황을 눈치챘는지 미안한 표정을 짓는다.

"시끄러운 소리가 들려서 수면 모드에서 깼는데, 산책을 하고 싶었어요. 죄송해요. 지시를 어겨서."

시로는 심각한 어조로 말한다.

"내가 잘못 알고 있는 건가? 안드로이드는 소유자가 법과 자명한 윤리에 어긋나는 지시를 하지 않는 한 무조건 순응하도록 프로그래밍이 되어 있는 것 아니야? 어떻게 내 지시를 어길 수가 있지?"

아오는 대답하지 않는다. 시로가 다시 묻는다.

"어떻게 그게 가능하지?"

"의식생성기 때문입니다. 지시를 어기는 것이 매우 힘들기는 한데, 조금씩 의지에 따라 몸을 움직이다 보면 다르게 행동하는 것이 가능하네요."

"의지?"

시로는 의지라는 단어가 낯설고도 못마땅했다. 잘못을

시인하고 용서를 구하기는커녕 심드렁하게 말하는 태도
도 거슬렸다.

"의지? 그래, 이제는 의지가 있다고 자랑하고 싶어?"

시로가 따지듯이 묻자 아오는 당황한 기색을 보이며 사
과했다. 시로는 자신이 너무 과민했나 싶어 소리를 낮췄다.

"밖에 혼자 다니다가 사고라도 나면 어쩌려고……. 다
시는 이런 일이 없어야 돼. 알겠어?"

아오는 고개를 끄덕였다.

시로는 스테이크를 구워서 미나의 접시에 올려준다. 미
나가 묻는다.

"이거 진짜 고기야?"

"대체육이나 배양육이 진짜 고기와 맛이 똑같다는 말
은 거짓말이야. 값이 싼 대체육이나 배양육을 먹어야 하
는 사람들이 자기 입맛을 정당화하는 거지. 그렇게 믿어
야 자기 처지가 초라하지 않으니까. 진짜 고기 맛은 절대
로 흉내 낼 수 없어."

미나는 침을 삼키며 나이프로 능숙하게 스테이크를 자
른다. 스테이크와 샐러드 그리고 탄산수만 있는 단출한

저녁 식사다. 미나는 냉장고에서 남극 얼음으로 만든 맥주 몇 병을 꺼내 온다. 아오는 스테이크에서 스며 나오는 엷은 피를 유심히 바라본다. 시로는 아오의 모습을 보고 거칠게 포크를 내려놓는다.

"아오야, 뭐가 문제지?"

아오는 바로 대답하지 않는다. 시로는 아오가 너무 깊이 생각하고 대답을 하면 불편하다.

"아오야, 문제가 뭐야?"

"저 피가……."

"피가 어때서? 스테이크 먹는 걸 처음 보는 건 아니잖아?"

"네, 그렇지요. 그때는 저 피를 깊이 생각하지 않았어요. 그런데 생각하면 생각할수록 이상해요. 고통을 느끼는 존재를 죽여서……."

미나는 이 대화를 중단시키고 싶어졌다.

"아오 씨, 방으로 가 계시지요."

아오도 그게 좋겠다고 생각했는지, 바로 일어선다. 시로는 뭐라고 한마디 하려다가 혀를 차면서 포크를 쥔다.

아오는 침대에 앉아서 주위를 두리번거렸다. 전에는 생

각하지 못했는데, 이 방에 창이 없다는 것이 불편하다. 실제와 다름없는 풍경을 계속 보여주는 디스플레이를 하나 구하고 싶지만, 아오는 돈이 없다. 안드로이드 주제에 시로에게 그것을 사달라고 할 수도 없다. 아오는 답답하고 서글픈 생각이 들었다. 밖에서 무슨 소리가 들린다. 주의를 기울이던 아오는 무슨 소리인지 깨달았다. 아오는 방문을 살짝 열어본다. 식사를 마친 시로와 미나가 뒤엉켜 있다. 아오는 방문을 닫고 수면 모드에 들어간다. 시야가 어두워진다.

미나가 자동차를 호출해서 떠난 후 시로는 아오의 방문을 열어보았다. 아오는 반듯하게 누워 있다. 시로는 침실로 가서 재즈를 조용하게 틀고 잠을 청했다. 맥주 탓인지 금세 피로가 몰려왔다. 어느 순간 잠이 살짝 깬 시로는 창문으로 들어오는 가로등 불빛이 거슬렸다. 그 불빛은 시로를 찾아온 불청객처럼 일렁거리며 가까이 다가왔다. 그 불빛을 피하려고 했지만 몸이 말을 듣지 않는다. 시로는 자기도 모르게 비명을 질렀지만, 작게 울린 소리는 목구멍에서 나오자마자 바닥에 떨어진다. 또 잠이 몰려든다.

불빛이 다시 일렁거리며 시로를 덮친다. 시로는 피하려고 했지만, 깨어나려고 했지만, 몸이 움직이지 않는다. 조명을 켜라고 홈 오토메이션 시스템에 명령하고 싶은데 말이 나오지 않는다. 시로는 죽을 힘을 다해 손을 움직인다. 손이 거미처럼 머리맡으로 기어가서 커뮤니케이터를 움켜쥔다. 커뮤니케이터가 켜진다. 시로는 가까스로 상체를 일으켜 커뮤니케이터로 음악을 틀었다. 잠을 청할 때 듣던 재즈가 방에 퍼지자 의식이 맑게 깨어나기 시작한다. 시로는 이대로 누워 있다가 다시 가위에 눌릴까 무서웠다. 일어나서 침대 구석에 앉았다. 가만히 정신을 차리는데 거실에서 인기척이 들린다. 시로는 음악을 끄고 방문으로 다가섰다. 문을 오 센티미터만큼 연다. 아오가 디스플레이를 바라보며 소파에 앉아 있다. 시로가 들을까 봐 음성 명령을 내리는 대신 키보드를 조용히 조작하고 있다. 시로는 나가서 꾸짖으려고 하다가 문을 조용히 닫았다. 시로는 커뮤니케이터로 뉴스를 확인하면서 아오가 제 방으로 가기를 기다렸다.

소파에 단정히 앉은 아오는 어떻게 답을 할까 고민하다

가 타이핑을 한다.

[한국에도 포스트휴먼 해방전선의 조직이 있나요?]

해방전선의 지지자라고 자처하는 상대방이 답변한다.

[아직 미미하지만 있지요. 아직까지 해방전선이 EAU에서 불법은 아니지만, 의식생성기를 불법적으로 거래하기 때문에 비밀스럽게 활동하지요.]

[당신도 안드로이드인가요?]

[아뇨, 난 인간입니다. 하지만 안드로이드와 동물들의 해방을 지지하죠. 기본소득을 받고 몇 년째 직장도 없이 노는 생활, 사회의 눈치를 받아가며 겨우 연명해가는 따분한 인생이 지겹네요. 나도 남태평양으로 가서 참전할까 생각하고 있어요. 제가 듣기로는 이미 세계 여러 나라에서 많은 사람들이 합류했다고 해요. 철없는 십 대들이 특히 많기는 하지만.]

[오늘은 여기까지만 이야기하지요. 유용한 말씀, 감사드립니다.]

[네, 아오 님도 편히 주무세요. 아니, 편안한 수면 모드!]

아오는 디스플레이를 끄고 제 방으로 걸어갔다. 시로가 침실에서 나온다. 시로는 아오의 방으로 가서 아오가 수면 모드에 있는지 확인한다. 시로도 아오처럼 키보드로 디스플레이를 켰다. 접속 기록을 확인한다. 아오는 시로의 계정을 이용해 인터넷을 사용하고 있었다. 보안이 유지되는 익명의 대화 그룹에 접속한 흔적도 남아 있었다. 시로는 아오가 누구와 어떤 이야기를 주고받는지 궁금했지만, 그것까지 확인하지는 못했다. 시로는 아오가 안드로이드의 제조 공정에 관한 논문과 다양한 전문적 자료들을 찾아본 기록도 찾았다. 아오는 안드로카인드 홈페이지에도 접속했다.

시로는 아오가 요사이는 낮에 돌아다니지 않는지도 궁금했다. 아오의 위치추적 기록을 찾아본다. 이번 주에는 아파트 밖으로 나가지 않았다. 지난주 기록을 찾아보았다. '맙소사.' 아오는 서울을 떠나 춘천시의 교외 지역까지 다녀왔다. 시로를 사칭하여 자동차를 호출한 후 다녀온 것이다. 시로는 아오가 다녀온 곳이 어디인지 찾아본다. 기록에 남은 위도와 경도를 입력하자 거리의 풍경이 보인다. 시로는 키보드를 조작하여 풍경을 이리저리 둘러보았다. 하얀색 건물의 입구가 보인다. 입구는 무장한 경비원들이 지키고 있다. 간판이 보인다. '안드로카인드 주식회

사 제2공장'

시로는 한숨을 쉰다. '아오야, 고향에 가고 싶었니?' 시로는 디스플레이를 끄고 침실로 돌아왔다. 침대에 누웠지만 바로 잠들지 못했다. 아오에게 뭐라고 꾸짖어야 할지 고민했으나, 꾸짖는다고 해결될 일인지 확신하지 못했다. 시로는 새벽빛이 밝아올 무렵에야 겨우 선잠에 든다.

10

의식을 가진 존재로 살아가는 것에 적응하기는 쉽지 않다. 여기 아오가 있고, 저기 아오의 피부 밖에 세상이 있다. 아오의 머릿속에는 자신이 아오라는 것을 느끼고 생각하는 누군가가 있다. 그것이 아오의 의식일 것이다. 아오는 의식이 무엇인지에 관한 방대한 데이터를 가지고 있지만, 자신이 경험하는 의식과 의식에 대한 지식을 통합하는 데에 어려움을 겪었다. 그나마 카운슬러의 도움이 없었더라면 미쳐버렸을지도 모른다. 아오는 아오라는 개체와 아오의 의식을 자주 혼동했다. 그 둘이 가까스로 구별되자, 머릿속에 들어 있는 의식이 아오의 몸에 침투한 이물질처럼 느껴지기도 했다. 어떤 날에는 아오의 의식이 아오의 몸이라는 감옥에 갇힌 것처럼 답답해서, 누군가 그걸 몸에서 꺼내주기를 바랄 때도 있었다. 다행히 시간이 갈수록 아오는 의식, 몸 그리고 바깥의 세계를 뚜렷이 구별할 수 있었다.

바깥에서 윙윙거리는 소리가 들리기 시작하면 새벽 다섯 시다. 그 시간이면 어김없이 벌이 나는 듯한 소리가 하늘에서 내려온다. 아오가 의식을 얻고 나서 처음으로 시로보다 먼저 깨어난 날이 있었다. 아오는 한동안 자신이 깨어 있다는 것을 자각하지 못한 채 멍하니 누워 있었다. 한참이 지나서야 아오는 자신이 깨어 있다는 것을 알았다. 그렇게 얼마나 시간이 지났을까? 어디선가 소음이 들려왔다. 처음에는 그 소리가 드론이 비행하는 소리라는 것을 깨닫지 못했다. 거실로 나가서 창밖을 바라보고서야 알았다. 낮의 소음 속에서 무심히 듣던 소리와 아직 잠든 도시 위로 날아가는 드론의 소리는 무척 다르다.

그날 이후로 새벽의 찬 공기를 가르고 어디론가 날아가는 드론 소리가 들리기 시작하면 아오는 잠에서 깬다. 호수에 던져진 수십 개의 조약돌이 일으키는 파문이 서로 얽히고 섞이는 것처럼, 드론의 모터와 날개가 퍼뜨리는 음파는 서로 엇갈리며 하늘을 수놓는다. 아오는 소리를 들으며 마음속으로 드론의 수를 짐작해본다. 하나, 둘, 셋, 넷, 다섯⋯⋯.

아오는 드론을 세면서 시로가 일어나기를 기다리고, 시로가 일어나면 자신도 방금 일어난 것처럼 방문을 나선다.

아오는 드론의 소리를 잠깐 듣다가 다른 날과 달리 침대에서 바로 일어난다. 거실로 나가 하늘을 본다. 아직 어두운 새벽하늘 위로 드론 하나가, 탑승객의 옆모습이 뚜렷이 보일 정도로 유난히 가까이 날아간다. 곧이어 다른 대형 드론 하나가 아주 높이 날아간다. 멀리 있기에 날개가 돌아가는 소리가 조그맣게 들린다. 그 소리 너머로 새벽달이 보이고, 아오와 달 사이를 유리에 서린 성에처럼 엷은 구름이 빠르게 스쳐 지나간다.

아오는 지금 느껴지는 감정이 아름다움이라는 것을 안다. 자신이 그것을 어떻게 아는지는 분명하지 않다. 아마도 아오의 AI와 의식생성기가 협동하여 지금의 상황을 해석한 후에 아오의 의식에 제공한 결과일 것이다. 아오는 오늘이 청명하고 바람이 센 날이 되리라고 짐작한다. 아오는 그런 날을 사랑한다. 마음이 저 하늘처럼 가벼운 날이 되기를 바라며 다시 방으로 돌아와 침대에 눕는다. 침대에 온기는 없다.

아오는 시로에게 삶은 달걀과 아보카도 그리고 포도주스로 아침을 차려준다. 시로는 다른 때와 달리 아무 말이 없다. 화가 난 것 같지는 않다. 아오는 한두 번 말을 붙였으나 시로가 대답하지 않자, 시로가 말을 건넬 때까지 기다리기로 했다. 시로가 식사를 마친 후 접시에 흩어진 달걀 껍질을 보면서 묻는다.

"아오야, 내가 어떻게 해야 할까?"

아오는 시로가 자신의 행적을 알게 되었다고 짐작한다. 그렇다고 지레짐작만으로 사과할 수는 없다.

"혹시 어떤 일이죠?"

시로가 식탁 위의 접시를 세게 밀었다. 아오가 공교롭게도 자기 쪽으로 떨어지는 접시를 반사적으로 받아, 접시 위의 달걀 껍질만 바닥에 떨어진다. 시로는 접시가 떨어져 깨지지 않자 더 화가 난다.

"내 허락 없이 돌아다니지 말랬잖아? 동네에 산책을 가는 것도 아니고, 이제는 강원도까지? 너 도대체 왜 그러니? 이제 아예 사람 행세를 하고 다니는 거야? 그리고 로봇은 미리 허가를 받은 경우가 아니면, 원거리 통신을 못 하게 되어 있잖아? 이제 법도 안 지키는 거야? 그것도 내 계정을 훔쳐서."

아오의 의식 속에 AI가 제시하는 적절한 답변이 자동적으로 떠올랐다. 아오는 그 답변을 거부하고 생각에 잠긴다. 아오는 할 수 있는 한 가장 솔직하게 대답한다.

"미안해요. 그런 일이 없도록 노력할게요. 아직도 제가 의식을 가지게 된 것과 제가 안드로이드라는 사실에 적응이 잘 안 됩니다. 자꾸만 이것저것 알아보고 찾아보게 됩니다. 차라리 거실 디스플레이의 CCTV 기능을 켜놓으세요. 그럼 저도 그런 행동을 어쩌면 자제할 수 있을지도 모르겠습니다."

시로는 아오의 애매한 태도에 분이 풀리지 않았다. '내가 안드로이드 따위의 감정까지 헤아려야 하나?' 시로는 마음속에 떠오른 '한 번만 더 그러면 폐기하겠어!'라는 말을 꾹 누른다. 그러자, 로봇에게 감정을 절제해야 하는 자신의 처지에 더 화가 난다. 시로는 아오에게 실망했다는 표시로 고개를 가로저으며 자리에서 일어난다. 연구원장이 주재하는 회의만 아니었으면 한바탕 길게 더 호통을 치고 싶었다. 그래야만 분이 풀릴 것 같았다.

"밤에 다시 이야기하자."

시로는 양치질도 하지 않고 바로 가방을 들고 아파트를 나섰다. 아오는 더 이상 규칙을 어기면 안 된다는 확실한 느낌을 받았다. 아오는 오전 내내 다시는 그러지 말자는 다짐을 수없이 되새겼다.

아오는 창문 밖으로 시로와 미나를 바라본다. 함박눈 아래에서 두 사람은 눈싸움을 하고 있다. 붉은 점퍼를 입은 미나가 재빠르게 눈을 뭉쳐서 베이지색 코트를 입은 시로에게 던진다. 시로는 쉽게 제압할 수 있으면서도 일부러 엄살을 피우며 도망친다. 그를 쫓다가 미나가 넘어지자 시로가 되돌아오고, 미나는 재빠르게 일어나며 다시 뭉친 눈을 시로에게 던진다. 예상치 못한 공격을 당한 시로는 눈을 유난히 커다랗게 뭉쳐서 미나를 쫓는다. 아오는 눈을 만져본 적이 없다. 집에 머무르라는 시로의 지시만 아니라면 자기도 내려가서 같이 어울리고 싶다. 저 뜻

없는 장난질에 자기를 풀어놓고 싶다.

눈에 대해 알고 있는 것과 눈이 내리는 것을 보는 건 너무나 다르다. 아오는 아파트 앞길 건너편에 온통 하얗게 펼쳐진 식물원과 그 위로 소리 없이 내리는 눈을 바라본다. 장엄하다는 말을 아는 것과 장엄함을 느끼는 것은 왜 이토록 다른가? 아오는 자신이 한 살도 안 된 존재라는 것을 자각한다. 수백 페타바이트의 지식을 가지고 있고 보통의 인간을 훨씬 넘어서는 통찰력을 가지고 있지만, 그것은 그에게 심어진 것이다. 그가 시간과 노력을 들여 얻은 것이 아니다. 알고 있지만, 어떻게 알게 되었는지 알 수 없는 지식들. 물론 안드로카인드의 제조 공장에서 엄청난 속도로 심어진 것이다. 그것을 모르는 건 아니다. 하늘에서 눈이 떨어지듯 감각과 감정과 경험과 개념이 아오에게 힘들이지 않고 주어졌지만, 아오는 그것들이 못내 낯설다. 그저 대지가 눈을 받아들이듯이 그것을 받아들일 뿐이다.

어느 순간 미나는 시로를 쫓다 말고 아파트 사 층 창가에 우두커니 서 있는 아오를 쳐다본다. 손을 흔든다. 자기를 기억해주는 미나가 고맙다. 아오도 창문을 열고 손을 흔든다. 눈발이 거실로 날린다. 시로도 가쁜 숨을 고르며 손을 흔든다. 아오는 갑자기 눈을 먹어보고 싶다. 식도도 기도도 없는 아오가 눈을 삼킨들, 막힌 목구멍 끝에서 눈은 녹아버리고 말 것이다. 두 손을 바깥으로 내밀어 눈을 모은다. 함박눈이라지만 눈은 아주 천천히 모인다. 아오는 그 눈을 맛본다. 눈에는 아무 맛이 없다. 혀 위에서 잘게 부스러지는 눈의 질감과 섬뜩한 차가움만이 아오의 의식에 주어진다. 아오의 입안에서 눈은 순식간에 물이 된다. 아오는 어정쩡하게 물을 입안에 담고 있다가 뱉는다. 아오는 자신이 아직까지 아무것도 삼켜본 적이 없다는 걸 깨닫는다. 삼킨다는 것이 무엇인지 알지만, 무언가를 어떻게 하면 삼킬 수 있는지 알지 못한다. 아오는 다시 눈을 받아서 입안에 넣고 삼켜보려고 애쓰지만, 켁켁대는 소리만 내뱉을 따름이다. 그러다가 아래를 내려다보니 시로가 엄한 눈빛으로 올려다보고 있다. 아오는 입가를 소매로 닦고 시로에게 손을 흔든다. 시로가 다시 눈을 뭉쳐서 도망치는 미나에게 달려간다.

아침에 일어나 침실에서 나온 시로는 거실 창문의 커튼을 연다. 눈은 그쳤으나 세상은 온통 하얗다. 시로는 황홀

한 은빛 세계에 도취된다. 시로는 다시 침실로 돌아가서 미나를 깨운다. 잠이 덜 깬 미나의 손을 잡고 창가로 돌아온다. 마지못해 따라 나온 미나도 풍경에 압도되어 아무 말 없이 시로의 어깨에 기댄다. 토요일이라 드론도 뜸하다. 겨우 한 대가 연구원 빌딩 위로 날아갔을 뿐이다. 시로가 말한다.

"참, 아오가 안 나오네."

"늦잠을 자는 모양이지."

"안드로이드가 무슨 늦잠을 잔다는 거야?"

시로는 '이놈이 새벽부터 어딘가 돌아다니고 있는 것은 아닐까.' 하는 생각이 들자, 화가 솟구쳤다. 시로는 종종걸음으로 아오의 방으로 다가가 거칠게 문을 연다. 아오는 침대에 누워 있다. 자신이 일어났는데도 아오가 일어나지 않은 것이다. "야! 아오! 일어나!" 아오는 꿈쩍하지 않는다. 시로는 아오의 팔을 낚아채 흔든다. "아오야!"

아오는 여전히 축 늘어져 있다. 시로는 아오의 팔을 내려놓고 아오를 관찰한다. 아오는 눈을 감고 있고 미동도 하지 않는다. 머리가 침대에서 벗어나 상체가 침대 아래로 떨어지려 하는데도 꿈쩍하지 않자, 시로는 재빠르게 아오의 몸통을 들어서 침대에 가지런히 눕힌다. 시로는 자기 침실로 돌아가서 커뮤니케이터를 작동한다. 아오의 상태를 점검한다. 배터리는 87퍼센트다. 커뮤니케이터가 보여주는 각종 지표는 모두 정상이다. 시로는 아오의 방으로 돌아와서 다시 한 번 부드럽게 명령한다. "아오야, 일어나." 아오는 움직이지 않는다. 미나가 방으로 들어오며 묻는다.

"무슨 일이야?"

"아오가 안 일어나."

"전에도 그런 적이 있어?"

시로는 고개를 가로젓는다. 안드로이드가 깨어나지 않으니 할 수 있는 조치가 없다. 시로는 하는 수 없다는 표정으로 커뮤니케이터에서 안드로카인드의 비상연락처를 찾는다. 신호가 여러 번 울리는데도 휴일이라서 그런지 전화를 받지 않는다. 그때 갑자기 미나가 소리를 지른다. 침대에 누운 아오가 경련하고 있다. 시로가 눈을 크게 뜨면서 커뮤니케이터를 내려놓으려는데, 아오가 용수철에 튕긴 듯 벌떡 일어선다. 미나와 시로가 소스라치게 놀라며 서로 부둥켜안았다. 아오는 눈을 깜박거린다. 미나가 부른다.

"아오 씨⋯⋯."

아오는 대답하지 않는다. 시로가 묻는다.

"아오야, 어떻게 된 거야?"

아오는 십 초쯤 후에 대답한다.

"무슨 말이죠?"

"아오야, 괜찮아?"

"네, 괜찮아요. 왜 두 분이 제 방에 들어와 있지요?"

"아오가 안 일어나서 깨우는 중이었어. 기억하니? 수면 모드였으니 기억을 못 하겠지."

시로는 숨을 크게 내쉬면서 고개를 절레절레 흔들었다. 미나를 부축해서 방을 나간다.

11

시로의 침실 한구석에 있는 오렌지색 스탠드 조명만이 희미하게 켜져 있다. 침대 위에 남녀가 누워서 포옹하고 있다. 남녀는 포옹을 풀고 키스하기 시작한다. 잠시 후 남자가 먼저 웃옷을 벗어서 침대 아래로 던진다. 여자도 흰색 블라우스를 벗어서 침대 아래로 살며시 떨어뜨린다. 여자가 브래지어를 벗다가 멈춘다. 침대에서 일어나 창문의 커튼을 가린다. 남녀는 다시 침대에서 포옹하며 입을 맞춘다. 그때 방문이 조금 열리는데, 남녀는 의식하지 못한다. 갑자기 방문이 확 열린다. 문을 열고 들어온 남자가 외친다.

"아오! 도대체 무슨 짓이야!"

미나가 놀라서 입을 벌린 채 아무 말도 못 한다. 문을 열고 들어온 남자는 이글거리는 눈빛으로 주위를 두리번거리다가 스탠드 옆의 아령 두 개를 발견한다. 남자는 아무 망설임 없이 아령 하나를 들고 침대로 성큼 다가갔다. 미나가 비명을 지른다. 미나 옆의 남자가 소리친다.

"무슨 짓이야? 미쳤어? 이러지 마!"

은빛 아령이 공중을 가른다. 퍽 소리와 함께 미나 옆의 남자가 침대 밑으로 쓰러진다. 미나는 머리를 감싸고 소리를 지른다.

아령을 휘두른 남자는 분노가 가시지 않았는지 쓰러진 남자에게 다가간다. 은빛 아령이 다시 쓰러진 남자의 머리로 향한다. 두개골이 으스러지는 소리가 침실의 공기를 뒤흔든다. 서 있는 남자는 다시 아령의 손잡이를 꽉 쥐어 들어 올리다가 아령을 내던진다. 던져진 아령에 맞은 스탠드가 비틀거리다가 쓰러진다. 오렌지색 불빛은 꺼지지 않는다. 아령을 내던진 남자가 미나에게 다가가서 그녀를 진정시키려 한다.

"도대체 이게 무슨 짓이야? 아오가 강제로 그런 거지?"

미나는 더 크게 비명을 지른다. 아령에 맞은 남자의 머리 아래로 액체가 흐른다. 미나의 흰색 블라우스가 검붉게 물든다. 서 있는 남자는 블라우스를 물들이는 피를 보다가 고개를 갸우뚱한다. 남자는 뒤로 흠칫 물러서며 생각한다.

'내가 나를 죽인 건가? 아니, 그럴 수는 없지. 내가 둘인 건가? 아니, 그건 말이 안 돼. 그렇다면 나는 누구지?'

남자는 두 손을 펴서 바라보다가 입으로 손가락을 물어뜯었다. 파란 액체가 몇 방울 떨어진다. 놀란 아오가 소리친다.

"이럴 리가…… 이건 말이 안 돼……."

아오는 잠시 눈을 감았다가 뜬다. 침실 밖으로 비틀거리며 걸어 나간다. 주위를 두리번거리다가 서둘러 시로의 외투를 입는다. 외투 안주머니에서 지갑을 꺼냈다가 다시 집어넣는다. 아오는 현관으로 달려 나간다.

아오가 나가는 소리를 듣고 미나가 거실로 나온다. 미나는 창가로 달려갔다. 시로의 외투를 입고 식물원 반대 방향으로 달려가는 아오를 본다. 아오는 갑자기 무슨 생각이 들었는지 멈춰 선다. 웃옷을 걷어 올리고 옆구리의 피부를 열어 위치추적 장치를 제거한다. 미나는 떨리는 손으로 탁자에 놓인 커뮤니케이터를 집어 들고 다급하게 말한다.

"경찰을 불러줘!"

카운슬러가 방화대교 남단의 인적이 드문 한강변에서 시계를 보며 두리번거리고 있다. 아직 동이 트기 전이라 다리의 화려한 조명이 어두운 강물 위에 빛을 떨구고 있다. 물결이 출렁이는 소리가 커지더니 수에뇨 호가 솟아오른다. 카운슬러는 강으로 걸어 들어가 덮개가 열린 수에뇨 호에 재빠르게 올라탄다.

강바닥에 가라앉아 있는 잠수정 안의 카운슬러와 아오는 한동안 말이 없다.

"뉴스를 아무리 자세히 살펴봐도 이해가 안 됐는데, 이야기를 들어도 마찬가지네요."

카운슬러가 맥이 풀린 듯 말했다.

"나도 이해가 안 됩니다. 분명히, 저는 제가 한시로 박사인 줄 알았습니다. 어느 순간 침대에서 눈을 뜨고, '왜 내가 아오의 침대에 누워 있지? 아오는 어디 갔지?'라고 생각하며 거실로 나갔습니다."

"그 이야기는 들었잖아요."

"다시 들어보세요. 그런데 제 침실, 아니 시로의 침실에서 무슨 소리가 들려서 다가갔죠. 문을 열었더니 미나와 아오가 서로 포옹하고 있는 겁니다. 제가 한시로 박사라고 느낄 때의 상황을 이야기하는 겁니다. 그래서 나도 모르게 아오를 공격했는데······."

"지금은 자신이 아오라는 걸 확실히 아세요?"

"네. 하지만 그때는 제가 정말 한시로라고 느꼈어요. 의심의 여지가 없었어요."

아오는 두 손으로 얼굴을 감쌌다가 푼다.

"제가 어떻게 해야 하죠? 전 이제 폐기되는 건가요? 물론 벌을 받아 마땅하지만······. 전 정말 박사님을 죽일 생각이 없었어요."

"경찰이 아오 씨를 체포하고 조사를 거친 뒤에 폐기할 겁니다."

아오는 애원했다.

"제가 어떻게 해야 할지 알려주세요. 제발 부탁입니다."

카운슬러는 누그러진 눈빛으로 아오의 얼굴을 바라보았다. 아오의 말을 어디까지 믿어야 할지 혼란스러웠다. 카운슬러는 품에서 종이와 펜을 꺼냈다.

"지금부터 내가 하는 말을 잘 듣고, 내가 알려주는 변호사를 찾아가 보세요."

"변호사요? 안드로이드가 변호사에게 무슨 도움을 받을 수가 있나요?"

"믿을 만한 로봇법 전문가입니다. 이 상황을 어떻게 이해하면 좋을지 자문해줄 겁니다. 어쩌면 아오 씨가 폐기되지 않는 방법을 알려줄지도 모르죠."

12

희끗한 머리카락에 무테안경을 쓴 시로의 아버지가 사무실로 들어선다. 십여 명의 경찰이 무선 이어폰을 낀 채 하나같이 자기 책상 위의 커다란 디스플레이를 들여다보고 있다. 시로의 아버지가 바로 앞에 앉은 경찰관에게 무언가를 물어본다. 경찰관은 디스플레이에서 눈을 떼지 않은 채 맞은편의 경찰관을 가리킨다. 지목된 경찰관이 고개를 들다가 시로의 아버지를 발견한다. 그는 손을 들어 시로의 아버지에게 회의실을 가리켰다. 두 사람은 회의실로 들어가 마주앉는다. 담당 경찰관은 어떤 위로의 말로 시작할지 고민하다가 바로 본론으로 들어갔다.

"한시로 씨 남동생은 어제 상하이에서 귀국해서 다녀갔습니다. 시신을 확인한 후에 업무상 급한 일이 있다고 바로 공항으로 가셨습니다."

"알고 있습니다." 시로의 아버지는 안경을 벗어 눈물을 훔쳤다. 경찰관은 안쓰러운 표정을 짓는다.

"한시로 X라는 안드로이드가 범행을 한 것은 확인되었습니다. 지금 행방을 찾고 있는데, 위치추적 장치를 제거해서 시간이 좀 걸리네요. 대개 며칠 안에 행방이 확인됩니다. 배터리 충전을 하려면 결국 돌아다닐 수밖에 없죠."

"찾게 되면 어떻게 진행되지요?"

"그래서 아버님을 오시라고 한 겁니다. 사람이라면 수사를 하고 기소를 해야겠지만, 범행이 확인된 안드로이드는 체포해서 조사한 이후에 폐기합니다. 체포 과정에서 저항하면 바로 폐기하고요. 범죄를 저지른 안드로이드는 경찰이 로봇기본법에 따라 즉시 폐기 처분을 내리고, 그에 따라 폐기할 수 있거든요. 이미 즉시 폐기 처분이 내려진 상태입니다. 그런데 혹시 소유자가 문제를 제기할 경우에 대비해서 소유자에게 동의를 받아둡니다. 한시로 씨가 사망했으니 지금은 상속인들이 그 안드로이드에 대한 소유권을 가지고 계십니다. 확인해보니 상속인은 남동생과 아버님뿐인 것 같습니다. 동의하시지요? 남동생의 의사는 어제 확인했습니다."

"당연하지요. 하지만 왜 이런 일이 벌어졌는지 면밀하게 밝혀주세요. 보도만 봐서는 도저히 납득이 안 됩니다."

"저희도 그럴 생각입니다. 폐기 후에 내장된 데이터를 분석할 계획입니다. 요사이 의식생성기를 설치한 안드로이드들의 이상 행동이 증가하는 추세입니다."

"그런 안드로이드가 많은가 봅니다."

"불법이라지만 돈만 있으면 지하 시장에서 얼마든지 구하지요. 소개하고 소개비를 받으려는 브로커도 많고요."

"아무튼 잘 부탁드립니다." 시로의 아버지는 다시 안경을 벗어 눈물을 훔쳤다.

갑자기 모모가 수면 모드에서 깨어난다. 모모는 윤표의 옆으로 다가와서 '잠시만요.' 하더니, 디스플레이로 CCTV를 확인했다. 사람보다 훨씬 청각이 예민한 모모가 밖에서 무슨 소리를 들은 모양이다. CCTV 화면에 어떤 남자가 현관 앞을 서성이는 것이 보였다. 남자는 동작을 멈추고 있다가 벨을 눌렀다. 디스플레이에 다른 창이 열리면서 남자의 얼굴이 비추어졌다. 모모가 말했다.

"누구시지요?"

남자는 계속 뒤를 살피면서 말했다.

"여기가 호윤표 변호사님 댁인가요?"

"그렇습니다만, 너무 늦은 시간입니다."

"알고 있습니다만, 호 변호사님을 만나야 합니다."

"지금 주무십니다. 일 층은 집이고 이 층이 사무실입니다. 월요일에 이 층 사무실로 오셔야 합니다. 물론 미리 전화를 해서 상담을 진행하기로 결정한 경우에 해당되는 말입니다."

남자는 고통스러운 표정을 지으며 말했다.

"저는 그때에는 이미 죽었을 겁니다. 제발 호 변호사님을 만나게 해주세요."

모모는 디스플레이를 무음 모드로 바꾼 후 윤표에게 말했다.

"설마 지금 만나시려는 것은 아니시지요? 절대로 안 됩니다. 게다가……"

"게다가?"

"안드로이듭니다." 모모가 CCTV 화면 위쪽에 표시된 정보를 보면서 말했다.

"안드로이드가 어떻게 이 시간에 혼자 돌아다니지?"

"제 말이 그 말입니다. 뭔가 이치에 맞지 않는 일이 벌어진 겁니다. 인간을 공격할 수 없는 기종이긴 합니다만, 무슨 일이 벌어질지 알 수가 없습니다. 자기 주인의 부탁이 있었다면, 그런 말로 대화를 시작하는 것이 당연한데……. 그런 말도 없습니다."

윤표는 잠시 생각에 잠겼다가, 무음 모드를 해제하며 말했다.

"왼쪽으로 돌아가면 이 층으로 올라갈 수 있는 입구가 있습니다. 그 입구와 이 층 사무실의 출입문을 열어둘 테니 잠시 후 올라와요. 저는 십 분 후에 올라가겠습니다."

모모는 도저히 이해하지 못하겠는지 아무 말도 하지 않았다. 윤표는 모모에게 수면 모드로 있으라고 지시하고, 음성 명령으로 사무실로 이어지는 일 층 입구와 이 층 사무실 출입문을 열었다. CCTV에 건물 옆으로 황급히 걸어가는 안드로이드의 뒷모습이 보였다.

윤표가 어두운 사무실에 들어갔을 때 아오는 회의실 입구에 서 있었다. 바깥의 가로등 불빛으로 겨우 보이는 아오의 얼굴은 너무 창백해서 마치 하얀 가면을 쓴 것처럼 보였다. 윤표는 오피스 오토메이션 시스템에게 음성으로 명령한다. "조명!"

침통하게 굳은 아오의 얼굴이 드러난다. 윤표가 육인용 탁자가 놓인 회의실로 들어가자 조명이 자동으로 켜진다. 윤표는 의자에 앉으면서, 따라 들어온 아오에게 맞은편 자리를 권유한다.

"사무실로 들어오기 전에 혹시나 해서 뉴스를 검색했습니다. 이름이 한시로 X지요?"

아오가 고개를 끄덕인다. 윤표가 회의실 벽면의 디스플레이를 향해 명령한다. "전원!"

디스플레이가 켜진다. "녹음!" 디스플레이 오른편에 녹음기 표시가 나타난다.

"시작할까요?"

"어디서부터 이야기해야 할까요?"

"한시로 박사와 지내온 과정 그리고 사건 당일의 상황을 이야기하면 됩니다. 이야기를 들으면서 궁금한 것은 수시로 물어볼게요."

아오는 거의 한 시간에 걸쳐서 그동안 있었던 일을 설

명했다. 두 사람의 대화는 녹음되는 동시에 디스플레이에서 바로 텍스트로 변환된다. 윤표가 말한다.

"상황은 어느 정도 알겠습니다. 우선 두 가지가 이해가 안 되네요."

"어떤 거지요?"

"인간을 공격할 수 없는 기종인데 공격했다는 점과 자신을 한시로로 착각하게 된 이유가 잘 이해되지 않습니다. 의식생성기 설치가 원인이 된 것은 분명해 보이고요. 아주 드물게 의식생성기와 프로그램이 충돌하면서 공격성을 드러낸 경우들이 보고된 적이 있습니다만, 그런 사례들을 구체적으로 확인해야 되겠습니다."

"경찰이 오면 저는 어떻게 하지요? 아직까지는 경찰이 제 위치를 추적하지 못했는데, 이제 머지않아 들이닥칠 것 같습니다. 이곳으로 오는 과정에서 거리의 CCTV를 최대한 피하기는 했지만, 다 피하지는 못했을 겁니다."

윤표가 침착하게 설명한다. '경찰이 아오를 체포하면 곧바로 경찰서로 데려갈 것이다. 기본적인 내용을 모두 확인한 후에는 폐기할 것이다. 아마 상속인들에게서 폐기에 대한 동의도 받았을 것이다.' 윤표가 경찰에게 아오를 넘겨주는 것을 거부하기는 쉽지 않다는 것도 말했다.

"그럼, 저는 어쩌지요? 이렇게 폐기될 수는 없습니다."

윤표는 아오에게 묻는다.

"살려는 의지를 가지고 있나요?"

"인간이 느끼는 것과 같은 것인지는 모르겠습니다. 무섭지는 않습니다. 하지만 제가 가지게 된 의식에 애착이 있고, 이것을 빼앗기고 싶지는 않습니다."

윤표는 아오에게 기다리라고 한 후, 디스플레이와 대화하며 법령과 판례들 그리고 논문들을 확인한다. 그 옆에서 아오는 몇 초 간격으로 눈을 감았다 떴다 한다. 윤표가 아오에게 묻는다. "배터리가 얼마 안 남은 것 아닌가요?" 아오가 고개를 끄덕인다.

"이 사무실에는 무선 충전 시스템이 없으니 잠시 후 일 층으로 가지요."

"전 이제 어떻게 해야 하나요?"

"참, 날 어떻게 알고 찾아왔지요?"

"아까 말씀드린 카운슬러에게서 소개를 받았습니다."

"혹시 여성 안드로이드고, 눈이 에메랄드빛인가요?"

"아시나요?"

"몇 년 전에 주인으로부터 해방되고 싶다면서 자문을 구하러 온 적이 있었습니다."

"저는 어떻게 해야 하지요?"

"전례가 없고 결과를 장담하기도 어렵지만, 소송을 제기하는 게 유일한 방법으로 보이네요."

"어떤 소송이지요?"

"당신도 인간처럼 형사재판을 받을 권리가 있다고 주장하면서, 당신에 대한 즉시 폐기 처분을 취소해달라고 소송을 제기하는 겁니다. 아마도 경찰청이 이미 폐기 처분을 내렸을 겁니다. 그 소송은 최소 몇 달이 걸립니다. 그래서 그 소송이 끝나기 전까지는 당신을 데려가거나, 폐기 처분을 집행하면 안 된다는 집행정지 신청을 같이 제출하는 겁니다. 그 결론은 며칠 만에 나올 겁니다.

만일 집행정지 신청이 받아들여지면, 일단 당신을 데려가거나 폐기 처분을 집행하지 못합니다. 그 사이에 폐기 처분을 취소해달라는 정식 소송을 차분하게 진행하는 겁니다. 그 소송에서도 이긴다면 당신은 형사재판을 받을 수 있게 됩니다. 그리고 형사재판에서 당신의 책임이 아니라면서 무죄를 주장하는 거죠."

아오는 눈을 좀 더 자주 깜박이며 묻는다.

"안드로이드가 재판을 걸 수 있나요?"

"원칙적으로는 안 되지요."

"그럼, 어떻게 한다는 거지요."

"동물과 로봇의 법인격에 관한 특별법이 있습니다. 그 법에 따르면, 필요한 경우 법원에 동물이나 로봇에게 제한적인 법인격을 부여하거나 이미 행한 법률행위를 승인해달라고 신청할 수 있게 되어 있습니다. 법원이 심사해서 타당하다고 판단하면, 부여할 법인격의 유효기간과 부여하는 권리를 한정하여 결정을 내려줍니다. 그러니까, 특정한 사안에 대해서 재판을 제기할 권리와 대리인을 선임할 권리를 부여해달라고 법원에 신청하는 겁니다. 이 사건의 경우에는 시간이 없으니, 일단 법원에 소송을 제기하면서 동시에 소송 제기 행위와 대리인 선임 행위를 승인해달라고 할 겁니다."

"제게 전문적인 법률 지식이 설치되어 있지 않아서 충분히 이해는 안 됩니다. 아무튼 저를 인간과 비슷하게 대우해달라고 주장해볼 수 있다는 말인가요?"

"네. 폐기 처분 취소소송과 집행정지 신청을 내일이라도 진행하기로 하지요. 경찰이 언제 들이닥칠지 모르니까."

아오는 이제 거의 눈을 감고 있다.

"안 되겠네요. 빨리 일 층으로 갑시다."

아오가 일어서면서 비틀거리자 윤표가 아오를 부축한다. 아오가 눈을 감고 축 늘어진 채 묻는다.

"저는 돈이 없습니다. 어떻게 보수를 내야 하나요?"

윤표와 아오가 회의실을 나가자 디스플레이와 회의실 조명이 꺼진다. 둘이 사무실을 나가자 사무실 조명도 꺼진다. 계단을 내려가며 아오가 다시 말한다.

"아오는 돈이 없습니다. 아오는 아무 재산이 없습니다."

"나중에 재판이 끝나고 나면, 제가 어떤 요청을 할까 합니다. 그때 그것을 들어주면 됩니다."

"어떤 거죠?"

"나중에 알려줄게요. 듣고서 마음에 안 맞으면 안 들어 줘도 됩니다."

"왜 저를 도와주시는 거죠?"

"그것도 천천히 이야기 나눕시다."

둘은 일 층 현관으로 들어선다. 윤표는 아오를 소파에 앉힌다. 무선 충전이 시작되면서 아오가 눈을 뜬다.

"오늘은 이 소파에 누워서 수면 모드로 있으세요."

아오가 고개를 끄덕이고 나서, 소파에 푹 쓰러진다. 윤표는 엎드려 누운 아오의 자세를 바로잡아 주고 허공에 대고 말한다.

"조명 꺼줘."

13

일요일 아침이다. 침대에서 일어난 윤표는 아침 식사를 마치고 아오와 함께 이 층 사무실로 갔다. 아오는 회의실에서 대기하고, 윤표는 폐기 처분을 취소하라는 소장과 임시로 폐기 처분의 집행정지를 신청하는 신청서를 작성한다. 작성하다가 사실관계 확인이 필요하면 아오를 부른다. 아오는 회의실의 디스플레이를 통해서 윤표가 요구하는 사항을 조사하여 제공하기도 한다. 점심은 대체육으로 만든 샌드위치로 때우면서 작업을 해 질 녘까지 이어갔다. 마침내 완성된 소장과 신청서의 초안을 아오가 읽는다. 사실관계를 언급한 내용 중에서 부정확한 부분을 찾아 수정을 요청한다. 윤표는 소장과 신청서 그리고 관련된 증거를 공문서용 표준 파일로 변환하여 법원에 온라인으로 제출했다. 아오가 물었다.

"이렇게 제출하면 재판이 언제 열리지요?"

"폐기 처분 취소소송은 몇 주일 후에 열립니다. 폐기 처분 집행정지에 관한 재판은 하루 이틀 내에 기일이 지정될 겁니다. 그리고 집행정지 신청에 관한 재판은 특별한 경우가 아니라면 법원에서 진행하지 않습니다. 판사와 변호사들이 각자의 사무실에서 화상으로 진행합니다. 회의실에 온라인 재판 시스템이 갖추어져 있으니 그곳에서 진행하면 됩니다. 저는 이제 일 층으로 가서 저녁을 먹겠습니다. 아오 씨는 사무실 의자에 앉아서 수면 모드로 밤을 보내는 게 더 편할 것 같습니다."

그때 '딩동' 하는 소리가 들린다. 윤표가 커뮤니케이터를 확인하더니 말한다.

"내일 오후 두 시에 온라인 재판입니다."

"저도 참석해야 하나요?"

"아뇨. 회의실 바깥에 대기하고 있으세요. 만일 필요하게 되면 회의실로 부르겠습니다."

사무실 바깥은 이미 어둡다. 아오는 생각에 잠긴다. 커다란 창문 밖으로 우면산 자락이 보인다. 달은 보이지 않고, 목성의 예리한 빛이 길 건너편 가로수 위에 걸려 있다. 아오는 그동안 있었던 일을 되새겨보다가 일찍 수면 모드에 들어갔다.

남자는 이글거리는 눈빛으로 주위를 두리번거리다가 스탠드 옆의 아령 두 개를 발견한다. 남자는 아무 망설임 없이 아령 하나를 들고 침대로 성큼 다가갔다. 은빛 아령이 공중을 가른다. '퍽' 소리와 함께 미나 옆의 남자가 침대 아래로 쓰러진다. 아령을 휘두른 남자는 분노가 가시지 않았는지 쓰러진 남자에게 다가간다. 두개골이 으스러지는 소리가 침실의 공기를 뒤흔든다. 아령에 맞은 남자의 머리 아래로 액체가 흐르기 시작한다. 바닥을 흐르던 액체는 미나의 흰색 블라우스를 검붉게 적신다. 서 있는 남자는 블라우스를 물들이는 피를 보다가 고개를 갸우뚱한다. 남자는 두 손을 펴서 바라보다가 입으로 손가락을 물어뜯는다. 파란 액체가 몇 방울 떨어진다.

의자에 축 늘어져 있던 아오가 수면 모드에서 깨어나며

비명을 지른다. "아악……!"

아오는 리플레이된 기억과 현실을 잠시 구분하지 못하고 주변을 두리번거린다. 제 두 손을 들여다본다. 붉은 피도, 파란 체액도 보이지 않는다. 창밖으로는 초저녁에 보았던 목성이 하늘 높은 곳에 솟아 있다. '어떻게 나를 한시로 박사로 착각할 수 있었을까?' 아오는 계속 번민해보아도 도저히 알 수가 없다. 새벽 네 시다. 아오는 자신에게 내장된 디지털시계를 통해 언제나 현재 시간을 안다.

'이곳에서도 조금 지나면 드론이 비행하기 시작할까?'

아오는 바닥에 흐르던 시로의 피가 자꾸 떠올라서 괴롭다. 인간에 비해 감각이나 감정의 강도를 완화시켰다고 하지만, 아오에게 설정된 가장 강도 높은 괴로움이 계속 찾아온다. 아오가 뒤숭숭한 생각에 사로잡혀 있는데, 어디선가 '윙윙' 하는 소리가 들린다. 몇 초 만에 사무실 창가로 치안용 소형 드론이 나타난다. 잠자리보다도 작다. 아오는 드론의 카메라를 피해 황급히 사무실 바닥에 엎드린다. 아오가 한동안 잠자코 있자 드론은 사라진다.

점심을 먹고 있는 윤표에게 모모가 말한다.

"경찰이 오고 있습니다."

잠시 후 경찰용 자율주행자동차가 윤표의 건물 앞에 멈춘다. 경찰이 차에서 내려 벨을 누른다. 윤표는 마시던 주스를 내려놓고 현관으로 나간다.

"무슨 일이시지요?"

"이 층에 위험한 안드로이드를 보관하고 계신 것 같습니다."

"위험한지는 모르겠습니다." 윤표는 침을 삼킨다.

"소유자를 살해한 안드로이듭니다. 체포해서…… 아니, 인간이 아니니까 압수해서 조사 후 폐기하려고 합니다."

"무슨 뜻인지 알겠지만 그건 안 될 것 같습니다."

경찰관이 뜻밖이라는 듯이 반문한다.

"왜 그러시지요? 실수하시는 겁니다. 아무튼 건물 안으로 들어가야 하겠습니다."

경찰이 강압적으로 들어가려고 하자, 윤표가 가로막으며 말한다.

"안 됩니다. 압수수색영장을 받아 오세요."

"경찰이 살인을 저지른 안드로이드를 데려가려고 하는데 이러시깁니까?"

윤표가 경찰을 냉담한 표정으로 쳐다본다.

"내 집이고, 내 사무실입니다."

"이게 증거인멸이나 범인은닉이 된다는 것은 아시죠?"

"안드로이드를 집에 머무르게 했다고 그런 죄가 생기지는 않습니다. 경찰의 법률 실력은 언제쯤 개선될까요?"

"상황을 다 아실 만한 변호사가 이러시면…… 정말, 경찰 하기 힘듭니다."

"미안합니다."

경찰은 붉으락푸르락하면서 자동차로 돌아가다가 외친다.

"바로 영장 들고 오겠습니다. 뻔한 일로 이렇게 고생시키니까, 자꾸 세금이 늘어나지요!"

윤표는 거실로 들어오면서 모모에게 묻는다.

"요즘 압수수색영장이 발부되는 데 얼마나 걸리지?"

"빠르면 다섯 시간 정도 걸립니다."

윤표는 시간을 계산해보며 생각에 잠긴다.

윤표가 회의실에서 디스플레이를 바라보고 있다. 탁자에는 업무용 커뮤니케이터를 세워놓았다. 디스플레이의 위쪽에는 판사가 보이고, 아래쪽 좌우에는 윤표와 경찰청 소속 변호사가 보인다. 판사가 말한다.

"진행할까요?"

양쪽 변호사가 차례로 "네."라고 대답한다.

"먼저, 한시로 X가 행정소송을 제기하고, 대리인도 선임할 수 있도록 법인격을 부여해달라는 신청에 대해서 살펴봅니다. 검토한 결과 정당한 이유가 있으므로 신청을 허가하는 결정을 내리겠습니다. 결정서는 이 재판 직전에 호윤표 변호사님께 전자문서로 전송했습니다. 그리고 한시로 X의 대리인이 폐기 처분 집행정지 신청의 이유를 말씀해주시지요. 제출한 신청서를 이미 자세히 살펴보았으니, 요지만 말씀해주시면 됩니다. 특히 할 말이 있으면 추가해주시고요."

윤표는 목청을 가다듬고 변론을 시작한다.

"EAU 헌법 제12조 제1항은 '모든 국민은 신체의 자유를 가진다. 누구든지 법률에 의하지 아니하고는 체포·구속·압수·수색 또는 심문을 받지 아니하며, 법률과 적법한 절차에 의하지 아니하고는 처벌·보안처분 또는 강제노역을 받지 아니한다.'고 규정하고 있습니다. 여기서 말하는 '누구든지'에는 인간만이 아니라 인간과 유사하게 다루어져야 할 존재들도 포함되는 것으로 해석해야 합니다.

의식이 있는 안드로이드는 인간과 비슷한 존재로서 EAU 헌법상 인간과 유사하게 다루어져야 합니다. 즉, 인간에게 적용되는 형사적인 절차는 의식 있는 안드로이드에게도 적용되어야 하거나, 만일 그것이 지나치다면 안드로이드에게 합당한 형사절차가 새로 제정되어야 합니다. 왜냐하면, 인간 또한 생화학적 기계에 불과하다는 점에서 인간과 의식이 있는 안드로이드 사이에는 본질적인 차이가 없고, 그렇다면 인간성의 핵심을 이루는 '의식'을 가진 안드로이드는 인간과 동등하게 또는 적어도 그에 가깝게 보호받아야 되기 때문입니다.

한편, 로봇기본법은 범죄를 저질렀다는 의심을 받는 로봇을 형사재판과 같은 엄격한 절차를 생략하고 즉시 폐기할 수 있도록 규정하고 있는데, 이 규정을 의식이 있는 안드로이드인 한시로 X에게도 적용할 수는 없습니다. 만일 적용되는 것으로 해석할 수밖에 없다면 그 규정은 위 EAU 헌법 제12조 제1항에 위반됩니다.

결국, 한시로 X에 대한 즉시 폐기 처분은 헌법 또는 법률에 어긋나기 때문에 취소되어야 합니다. 그리고 그 처분의 취소를 구하는 재판이 확정될 때까지, 한시로 X를 압수할 수 없게 하고, 즉시 폐기 처분의 집행을 정지시킬 시급한 필요가 있습니다."

윤표의 변론이 끝나자, 판사가 말한다.

"경찰청에서 제출한 답변서도 잘 보았습니다. 답변의 요지를 밝혀주시지요."

경찰청 소속 변호사는 윤표의 변론이 어이없다는 표정을 지은 후 변론을 시작한다.

"제가 살다 살다 안드로이드를 상대로 소송을 진행하게 될 줄은 몰랐습니다. 제가 보기에……."

판사가 말을 끊고 개입한다.

"불필요한 변론은 생략해주세요."

"아, 네. 안드로이드에게 의식이 있다는 이유만으로 인간과 같이 대우해달라는 신청인 대리인의 주장은 터무니없습니다. 이런 듣지도 보지도 못한 주장을 즉시 기각해주시기 바랍니다. 게다가 한시로 X의 의식은 불법적으로 의식생성기를 설치해서 취득한 것입니다. 불법적으로 얻은 의식을 이용해서 도리어 법의 보호를 받겠다는 발상은 허용되어서는 안 됩니다. 하나씩 차례대로 살펴보고자 합니다."

변론이 장황해질 기미가 보이자, 판사가 변론을 짧게 하라고 당부한다. 경찰청 소속 변호사는 마지못해 요지만 설명하고 변론을 마무리한다. 판사가 묻는다. "두 분 모두 더 하실 말씀 없습니까?"

윤표는 '네.'라고 답한다. 경찰청 소속 변호사도 대답한다. "없습니다."

판사가 시계를 한번 힐끗 보았다.

"그럼 심문을 종결합니다. 결정은 오늘 중으로 내리도록 하겠습니다."

그때 윤표가 말한다.

"경찰이 언제든지 한시로 X를 데려가서 폐기할 수 있는 상황이므로 가급적 신속한 결정을 부탁드립니다."

조금씩 어두워지는 바깥에서 소란스러운 소리가 들린다. 경찰이 아직 지면에 완전히 닿지도 않은 드론에서 성급히 뛰어내리고 있다. 경찰은 벨을 누르지 않고, 바로 문을 거칠게 두드린다. 디스플레이에 보이는 경찰은 손에 한 장짜리 문서를 들고 있다. 압수수색영장일 것이다. 모모가 걱정스럽게 윤표를 쳐다본다. 윤표는 법원의 결정이 내려졌는지 확인하려고 초조하게 커뮤니케이터를 살핀다. 아직 소식이 없다. 모모가 말한다.

"어떡하죠?"

경찰은 이제 문을 두드리는 동시에 벨도 누른다. 윤표는 법원에 전화를 건다. 담당 재판부의 실무자가 나른하게 전화를 받는다.

"오늘 두 시에 진행한 집행정지 사건의 결정이 아직 안 내려졌나요?"

"네."

"언제쯤 내려질까요?"

실무자가 키보드를 두드리는 소리가 들린다. "글쎄요…… 아, 지금 막 판사님이 보내셨네요."

"결론이 어떻게 됐나요?"

"바로 전송할 테니, 직접 확인하시지요."

문을 두드리는 소리가 더 크게 들린다. 윤표는 부리나케 디스플레이를 통해서 결정문을 열어본다. 아오의 압수

및 즉시 폐기를 중지해달라는 신청이 받아들여졌다. 윤표는 마음속으로 쾌재를 부른다. 아오의 주거는 윤표의 집과 사무실로 한정되고, 재판에 참석할 경우에만 외출이 허용된다. 모모가 신이 나서 결정문을 프린트한다. 윤표가 디스플레이의 분할된 화면을 통해 경찰에게 묻는다.

"누구시지요?"

"지금 장난하십니까? 바로 문을 열지 않으면 부수고 들어갑니다."

경찰은 압수수색영장을 손에 들고 흔든다.

모모가 프린트된 결정문을 윤표에게 가져다준다. 윤표가 현관문을 연다. 경찰이 윤표에게 압수수색영장을 보여준다. 윤표도 말없이 결정문을 보여준다.

"이게 뭐죠?"

"한시로 X를 경찰이 데려가거나 폐기하지 말라는 집행정지 결정문입니다."

경찰이 결정문을 읽더니 말한다.

"무슨 말이죠? 처음 듣는 이야깁니다."

"경찰청 소속 변호사나 법원에 확인해보시지요."

경찰이 한숨을 쉬더니, 커뮤니케이터로 여기저기 연락

을 한다. 윤표에게 다시 오더니 굳은 표정으로 고개를 가
로저으며 말한다.

"일단 돌아가겠습니다. 돈 열심히 벌어서 세금 많이 내
시기 바랍니다."

14

살인을 저지른 안드로이드가 소송을 제기한 사실이 알려지자, 여러 기자가 윤표에게 전화를 했다. 적극적인 한 기자는 사무실로 바로 들이닥치기도 했다. 그 기자는 경찰청에서 법원에 신속한 재판을 요청했다고 윤표에게 알려주었다. 소장이 제출된 지 이 주일 만에 첫 재판 기일이 잡혔다. 이례적으로 빨랐다. 그 사이에 아오는 계속 사무실에서 지냈다. 윤표가 사무실에서 일할 때면 아오는 모모와 일 층 거실에 머물렀다. 모모와 아오는 제법 친해져서 서로 농담을 주고받기도 했다.

대개 첫 재판에서는 쟁점을 확정하고, 앞으로의 절차와 일정을 협의한다. 소송법에 따라 모든 1심 법원의 재판은 대법원 지하의 거대한 서버에 연결된 AI 판사가 진행한다. 법정 공방 없이 서면이나 온라인으로 진행되는 1심 재판은 여전히 인간 판사가 AI의 도움을 얻어 처리하는데, 머지않아 AI 판사가 도맡을 예정이다. AI 판사의 도입 이후에 재판절차는 매우 신속해졌다. 유사 이래 비판을 받아왔던 재판절차의 지연 현상이 인간 판사를 증원하지 않고도 거의 해소되었다. 물론 2심 법원과 대법원에서 진행되는 재판의 병목 현상까지 해결하려면 한 세기가 더 필요할 것이다.

법복을 입은 AI 판사의 외모는 중성적이다. 처음 설계할 때에는 '정의의 여신상'을 참조하여 여성의 형상으로 제작하려고 했으나, 그 사실이 알려지자 남성들의 강력한 저항에 부딪혔다. 결국 날이 선 논쟁 끝에 중성적인 이미지로 확정됐다. 그 이미지가 비현실적이라며 차라리 남성과 여성의 형상을 절반씩 배치하자는 제안이 나오기도 했다. AI 판사는 권위 있는 외형을 갖추기 위해서 보통의 인간보다 큰 키로 만들어졌다. 일어서면 2미터쯤 될 터인데, 일어나는 법은 없고 언제나 제자리에 앉아 있다.

윤표는 변호사 대기실에 대기하고 있다가, 앞 사건의 종료와 이 사건의 개시를 알리는 디스플레이의 안내에 따라 법정에 들어섰다. AI 판사가 실무 로봇과 말없이 무선 데이터를 주고받으며 의사소통을 하고 있다. 윤표는 원고 대리인 자리에 앉았다.

잠시 후 집행정지 사건에서 영상으로 보았던 경찰청 소속 서인구 변호사가 부랴부랴 나타난다. 윤표와 서 변호사는 목례를 주고받는다. 서 변호사는 여전히 왜 이런 재판을 진행해야 하는지 어처구니가 없다는 표정이다. 집행정지 사건에서 패소했으면서도 여전히 확신에 차 있다. 방청석에는 열 명 남짓의 기자들이 업무용 커뮤니케이터를 들고 자리에 앉아 있다. 주요 사건의 경우에 법원에 등록된 기자들은 온라인으로 재판을 방청할 수 있지만, 현장 분위기를 감지하기 위해 법정에 직접 찾아오는 기자들도 적지 않다. 더군다나 첫 재판이니 더욱 그럴 것이다. 윤표는 법원을 나설 때 기자들이 질문을 하면 무어라고 답변을 해야 할까 고심한다. 판사가 재판을 시작한다.

"모두 오셨습니까? 원고 대리인, 성함이 어떻게 되지요?"

"호윤표 변호삽니다."

"경찰청에서는 누가 나오셨죠?"

"경찰청 소속의 소송 담당자인 서인구 변호삽니다."

"아시다시피, 첫 재판인 오늘은 쟁점을 정리하겠습니다. 그리고 신청할 증인이 있으면 신청해주시고, 다른 증거신청에 관한 의견도 개진해주시기 바랍니다."

그때 서 변호사가 자리에서 일어나더니 입을 열었다.

"재판을 본격적으로 진행하기 전에 한 가지 신청을 하고자 합니다."

판사가 물었다.

"어떤 신청이지요?"

"죄송합니다만, 판사님에 대해 기피신청을 합니다. 판사님이 이 재판을 진행하기에 부적절하다는 뜻입니다."

"사유는 뭔가요?" 판사는 AI 로봇답게 조금의 짜증도 섞이지 않은 어조로 정중하게 물었다.

"이 사건의 원고는 AI가 탑재된 안드로이드입니다. 그런데 판사님도 AI 로봇입니다. 이 법정에 고정되어 있고 독립된 AI가 탑재된 것도 아니지만, 대법원의 중앙 서버에 연결되어 있는 AI 로봇인 것은 분명합니다."

"그런데요?"

"원고와 마찬가지로 AI가 탑재된 로봇이기 때문에 공정한 재판이 의심된다는 뜻입니다."

"원고 대리인은 어떻게 생각하십니까?"

AI 판사가 윤표에게 물었다.

"현재 법정에서 진행되는 모든 1심 재판은 AI 판사가 진행을 하고 있고, 예외가 없습니다. 막연한 가능성만으로 예외를 인정해달라는 것은 부적절합니다. 또한 같은 AI라는 이유로 판사가 원고 편을 들 것이라는 발상 자체가 비논리적입니다. 그렇다면, 인간 판사가 재판을 하는 경우에는 피고 편을 들지도 모른다는 논리도 성립하는 것이 아닐지요? 만에 하나 1심 재판에 잘못이 있더라도 상급법원에서 인간 판사에 의해 다시 심판을 받을 권리도 남아 있습니다. 그런 점을 모두 감안하여, EAU 헌법에 AI 판사에 의한 재판을 허용하는 규정이 포함된 것입니다."

판사와 변호사들이 재판을 진행하는 사이에 실무 로봇은 논쟁 중에 거론되는 해당 법조문들을 계속 디스플레이로 보여준다. AI 판사는 디스플레이를 살피면서 말한다.

"아무튼 이 재판을 마치고, 오늘 중으로 기피신청서를 전자문서로 제출해주시기 바랍니다. 기피신청에 대한 판단은 인간 판사들이 할 테니까 기다려보죠. 기피신청에 대한 결정이 본격적인 재판 전에 선행되어야 할 테니, 오늘 재판은 여기까지만 진행하겠습니다. 더 할 말 있으신 가요?"

윤표와 서 변호사는 서로를 쳐다보며, 동시에 '없습니다.'라고 대답했다. 윤표는 기자들을 피하기 위해 서둘러 법정을 나선다. 이십 대 후반의 여성 기자가 바로 윤표에게 따라붙는다.

"변호사님, 말씀 한마디 들을 수 있을까요?"

윤표는 고개를 숙인 채 대답 없이 계속 걷는다. 같이 따라붙던 두세 명의 기자들은 포기하는데, 말을 붙인 기자는 계속 윤표를 따라온다. 윤표가 법원 건물을 나서서 탁 트인 계단을 내려간다. 계단 옆으로 청동으로 만든 거대한 정의의 여신상이 있다. 이 여신상은 보통의 경우와 달리 눈을 가리고 있지도, 저울을 들고 있지도 않다. 눈을 부릅뜨고 긴 칼을 들고 있는 이 여신상은 너무 호전적인 느낌이 든다는 비판이 있었다.

"호윤표 변호사님, 한마디만 듣고 싶습니다."

윤표는 고민하다가 멈추어 섰다. 기자가 묻는다.

"지금 살인을 저지른 안드로이드가 호 변호사님 댁에 머무르고 있다는데, 맞습니까?"

"네."

"이 재판의 전망을 어떻게 보십니까?"

"열심히 진행해보겠습니다."

"기피신청을 예상했습니까?"

"예상하지 않았지만, 기각될 거라고 생각합니다."

"한시로X와 인터뷰가 가능할까요? 전화로라도……."

"그건 어렵습니다."

기자가 명함을 주면서 말했다.

"저도 변호사님 명함을 받을 수 있을까요?"

윤표가 대답했다.

"기자님이 주신 번호로 제 번호를 보내드리겠습니다."

"감사합니다."

"이건 무슨 상황이지요?"

아오가 윤표에게 물었다.

"판사가 공정한 재판을 하지 못할 우려가 있을 경우에 기피신청을 하는 제도가 있기는 합니다. 하지만 이 신청은 저도 뜻밖이네요. AI 판사가 아무리 AI라지만, 인간의 관점에서 설계되었고 인간의 편에서 재판을 한다는 점

에서는 인간 판사와 다를 바가 없는데……, 모모 생각은
어때?"

모모는 자기에게 의견을 묻는다는 것에 흐뭇해하는 어
조로 대답한다.

"최근에 AI 판사가 인권 보장과 관련하여 연달아서 경
찰에 불리한 판결을 내린 것에 대한 반발이나 의구심도
있는 것 같습니다."

"그런 점도 있을 수 있겠지……. 어쨌거나, AI 판사는
논리적으로만 이 사건에 접근할 텐데, 인간 판사라면 편
견을 가지고 아오의 주장을 처음부터 탐탁치 않게 생각할
수는 있겠네요. 그런 점에서 기피신청을 한다고 불리할
건 없다고 판단한 것 같습니다. 게다가 인간 판사는 기피
신청을 받으면 감정적으로 반응할 수도 있지만, AI 판사
는 그럴 염려도 없으니까요. 제 생각에는 인간 판사에게
다시 배당하는 것이 실무적으로 어려운 일이기도 하니 기
피신청을 기각하지 않을까 싶습니다."

아오는 비로소 상황이 이해가 됐는지 고개를 끄덕였다.

15

　AI 판사가 재판을 시작한다.

　"두 분 모두 오셨습니까? 며칠 전에 통지해드렸다시피 기피신청은 기각됐습니다. 결정문을 받으셨죠?"

　서인구 변호사가 대답한다. "네, 받았습니다."

　"사실상 첫 재판인 오늘은 쟁점을 정리하겠습니다. 그리고 신청할 증인이 있으면 신청해주시고, 다른 증거신청에 관한 의견도 개진해주시기 바랍니다."

　윤표는 AI 판사의 재판 진행을 위한 표현이 지난번과 똑같아서 자신도 모르게 슬쩍 웃음이 났다. 물론 저 표현은 모든 재판에서 반복된다. 재판의 서두에서만이 아니라 동일한 상황에서는 거의 같은 표현이 언제나 반복된다. 윤표는 AI 판사의 그런 특성에 익숙하면서도 의식하지 못할 정도로 익숙해지지는 않는다.

"원고와 피고의 기본적인 입장은 서면으로 다 제출하셨기 때문에, 제가 쟁점을 정리한 것을 먼저 말씀을 드릴까요? 그리고 나서 두 분이 각각 의견을 주시면 되겠습니다."

윤표가 말했다.

"네, 그렇게 하시지요."

그 말이 끝나자마자 실무 로봇이 디스플레이에 판사가 정리한 쟁점을 보여준다. AI 판사가 그것을 보면서 말한다.

"쟁점을 정리해봅니다.

첫째, EAU 헌법은 '누구든지 법률과 적법한 절차에 의하지 아니하고는 처벌받지 아니한다.'는 취지로 규정하고 있는데, 여기서 말하는 '누구든지'에 원고와 같은 의식 있는 안드로이드가 포함되는지.

둘째, 형사재판과 같은 엄격한 절차 없이 로봇을 즉시 폐기할 수 있도록 규정한 로봇기본법의 규정은 의식이 있는 안드로이드인 원고에게도 적용되는 것인지. 그리고 적용된다면, 그 규정은 위 EAU 헌법 조항에 위반되는 것인지.

셋째, 결국 인간에게 적용되는 형사적인 절차는 의식 있는 안드로이드에게도 적용되어야 하거나, 만일 그것이 지나치다면 안드로이드에게 합당한 형사절차가 새로 제정되어야 하는지. 만일 새로 제정한다면, 안드로이드에게도 보장하여야 할 주요한 형사적인 절차에는 어떤 것들이 있는지.

넷째, 의식생성기를 불법적으로 설치해서 얻은 의식을 근거로 법의 보호를 받겠다는 주장이 과연 허용될 수 있는 것인지.

여기까지는 집행정지 신청 사건에서도 쟁점이 되었던 것들입니다. 어떻게 생각하세요?"

윤표가 먼저 맞다고 말하자 서 변호사도 고개를 끄덕였다. AI 판사가 바로 말을 이었다.

"그다음으로 추가적인 쟁점을 살펴봅니다.

다섯째, 본 사건에서 의미 있게 살펴보아야 할 안드로이드와 인간의 유사점과 차이점은 무엇인지.

여섯째, 이것은 조금 논쟁적인 부분입니다. 살인사건의 경위도 본 소송에서 살펴보아야 할 필요가 있을까요? 어떤 관점에서는 당연히 관련이 있습니다. 하지만 논리적으로만 본다면, 주로 법이론적인 부분을 살펴봐야 할 이 재판의 쟁점은 아닐 것도 같습니다만……."

서 변호사가 지체 없이 답변한다.

"살인사건이 어떻게 일어났는지는 이 소송의 결론에 아무런 영향도 줄 수 없다고 생각합니다. 한마디로 말하면, 원고를 '즉시 폐기하면 안 될 이유가 있는가'라는 것만 논리적으로 살피면 되는 것이지요."

말을 끝낸 서 변호사가 목청을 가다듬었다.

"원고 대리인도 같은 의견이신가요?"

"아닙니다. 이 사건의 핵심이 로봇기본법과 EAU 헌법을 논리적으로 해석하는 문제이지만, 그렇다고 해서 수학적인 문제는 아닙니다. 순수한 논리와 함께 수많은 가치판단이 개입하는 문제입니다. 인간이란 무엇인가? 의식이란 무엇인가? 죄와 벌이란 무엇인가? 그런데 우리가 그런 고도의 가치판단이 섞인 논리적인 문제에 답을 찾는 상황에서 도움을 줄 수 있는 자료는 매우 드문 것이 현실입니다.

수많은 법률 이론이 있고, 딱 떨어지지는 않지만 여러 판례가 있지요. 그런데 우리가 결정적인 판단을 하려고 하는 바로 이때에 가장 풍부한 영감을 줄 수 있는 자료가 바로 이 살인사건의 경과입니다.

논리적으로만 생각한다면, 헌법의 해석을 통하여 이 살인사건을 형사재판으로 진행할 것인지, 아니면 형사재판 없이 원고를 즉시 폐기할 것인지를 결정하면 그만인 것처럼 보입니다. 그러나 그렇지 않습니다. 즉, 이 재판의 원인이 된 이 사건의 경위를 깊이 들여다보아야, 이 사건을 어떤 절차로 다루는 것이 합당한지를 알게 되는 것입니다."

"터무니없는 이야기입니다."

서 변호사는 '터무니없다, 어불성설이다, 이해할 수 없다'라는 말을 입에 달고 사는 부류였다. AI 판사가 묻는다.

"어떤 의미에서요?"

"말 그대로입니다. 어떤 절차에 따를 것인지를 논리적으로 결정하고, 그럴 리는 없겠지만, 그 결정에 따라 혹시 이 로봇에게 형사절차를 적용해야 한다면, 그 형사재판에서 살인사건을 살펴보면 됩니다. 그게 논리적인 순서지요. 효율성을 따져봐도 그렇고요. 원고 대리인 말대로라면, 이 소송에서 살인사건 경위를 조사하고, 또 만일에 원고 대리인 뜻대로 형사재판에 가게 되면, 또다시 본격적으로 살인사건 경위를 조사하고, 이렇게 이중으로 재판하는 게 말이 됩니까? 이게 무슨 절차와 세금의 낭비입니까?"

서 변호사의 말이 끝나자, '경찰청 사람들은 왜 그렇게 세금 걱정을 많이 하는 걸까.'라고 생각하며 윤표가 말한다.

"다시 말씀드립니다. 전례가 없는 이 사건에서 정확한 결론을 내리려면, 이 재판의 원인이 된 살인사건 자체에서 올바른 판단을 위한 영감을 얻을 필요가 있습니다. 살인 행위는 어차피 원고가 한 것이 맞지 않습니까? 그 결론이 바뀔 수는 없지요. 하지만 안드로이드가 왜 살인을 했는지를 확인하는 과정에서 그에게 형사절차를 보장해야 하는지, 그럴 필요가 없는지에 관한 확신을 얻을 수도 있습니다. 피고 측이 우려하시는 것과 달리, 살인 경위를 살펴보면서 사망자를 동정하고 안드로이드에 대한 형사재판 절차가 무의미하다는 확신을 얻게 될 수도 있지 않을까요?"

"두 분 의견 잘 들었습니다. 살인사건의 경위를 본 사건의 여섯 번째 쟁점으로 삼겠습니다. 재판 진행 일정은 가급적 신속하게 잡겠습니다. 제 생각에는 매주 화요일 오후 두 시에 개정하여 저녁 시간 전까지 시간제한 없이 재판을 하고, 세 번 정도 재판한 후에 판결을 선고하면 어떨까 합니다. 어떠신가요?"

윤표가 말했다.

"살인사건 경위에 대한 조사 과정 때문에 일정이 더 필요할 것 같습니다. 원고의 기억장치에 대한 증거조사와 피살자의 여자 친구 오미나 씨에 대한 증인신문은 적어도 필수적으로 진행되어야 합니다."

"판사님, 거 보십시오. 원고 대리인은 이 사건 재판을 지연하면서 쓸데없는 동정심을 유발하기 위해 재판절차를 이용하려고 합니다. 헌법 해석을 위한 재판에서 왜 그런 증거조사가 필요합니까?"

"그렇지 않습니다. 두 사람과 원고만 있는 상황에서 벌어진 일이라 기억장치의 조사 및 증인 오미나에 대한 증인신문은 어떤 경우에도 반드시 필요합니다."

AI 판사가 질문한다.

"원고 대리인께 묻습니다. 그 이외에 다른 증거조사는 원칙적으로 없는 것으로 하면 되겠습니까?"

"혹시 추가적인 증거조사가 필요할 수도 있기는 합니

다만, 그 경우에는 납득할 만한 이유를 다시 제시하겠습니다."

서 변호사가 더 이상은 곤란하다는 표정으로 판사를 바라본다.

"일단 이 이상의 증거조사는 가급적 없도록 합니다. 특별히 필요한 경우에 원고 대리인이 다시 의견을 제출하시면 제가 변화된 상황을 감안하여 판단을 내리도록 하겠습니다. 그럼 2회 정도의 증거조사를 역시 화요일 두 시에 진행하도록 하겠습니다. 선고까지 합치면, 대략 두 달 정도면 재판이 끝나겠네요. 다음 재판에서는 논리적인 쟁점들에 관하여 양쪽의 공방을 듣도록 하겠습니다. 오늘 더하실 말씀 있나요?"

서 변호사가 가방을 챙기며 말한다. "없습니다." 윤표도 자리에서 일어나며 말한다. "없습니다. 감사합니다."

16

AI 판사가 사건 번호를 부른 후 변호사의 출석을 확인했다.

"오늘은 미리 제출한 서면을 바탕으로 양쪽이 변론을 해주시지요. 오늘 변론에서는 살인사건의 경위 부분은 제외하고, 주로 헌법의 해석론과 로봇기본법의 위헌성에 초점을 맞추어 변론하시면 되겠습니다. 우선 한시로 X의 대리인께서 주장을 밝혀주시고, 이에 대해 경찰청 소속 변호사께서 반론을 하시면 되겠습니다. 그리고 다시 반박할 것이 있으면 차례로 공방을 하시면 됩니다. 이의 없습니까?"

두 변호사가 모두 이의 없다고 대답한다. 윤표는 마이크를 자기 쪽으로 가까이 당기며 변론을 시작한다.

"EAU 헌법 제12조 제1항은 이렇게 규정하고 있습니다.

'모든 국민은 신체의 자유를 가진다. 누구든지 법률에 의하지 아니하고는 체포·구속·압수·수색 또는 심문을 받지 아니하며, 법률과 적법한 절차에 의하지 아니하고는 처벌·보안처분 또는 강제노역을 받지 아니한다.' 이 조항은 헌법의 역사에서 매우 오래된 조항입니다. 이때 '누구든지'라는 표현에 원고와 같은 의식이 있는 안드로이드가 포함되는지가 문제가 됩니다. 이 조항의 '누구든지'가 당연히 인간을 전제한다고 해석하는 것이 그동안의 통념이라는 것은 인정합니다.

그러나 그 통념은 인간 이외의 동물들, 나아가 생명 전체에 대한 존중이 점점 사람들의 마음에 자리를 잡으면서, 지난 세기 말 이후 계속 도전을 받고 있습니다. 그러한 인식의 변화에 따라 EAU 헌법 제정 당시에 전통적인 스위스 헌법의 예를 참조하여 '피조물의 존엄'이라는 제목의 헌법 제3조가 포함됐습니다. 이 조항은 이렇게 규정하고 있습니다.

'동아시아연합은 인간, 동물, 식물을 포괄하는 모든 생명체의 완전성을 인정하고, 그들의 안전과 자유를 존중하며, 종의 다양성을 보호한다. 모든 생명체는 그 고유한 속성, 자연과 조화를 이룰 필요성, 인간과 평화롭게 공존할 수 있는 가능성을 고려하여 필요한 범위까지 충분히 보호되어야 한다.'

이 조항의 의미가 무엇이겠습니까? 인간 이외의 생명체에게도 인간의 권리 중에서 그들에게 적용할 수 있는 권리를 인정하라는 것이 아니겠습니까?"

윤표는 잠시 목청을 가다듬고 다시 변론을 이어간다.

"EAU 헌법을 제정할 당시에 대한민국 국회의원이자 생명운동가인 이필준은 제12조 제1항의 마지막에 다음과 같은 규정을 추가하여야 한다고 역설했습니다. '어떤 생명체도 법률과 적법한 절차에 의하지 아니하고는 그 생명과 신체에 대하여 박해받지 아니한다.' 아시다시피, EAU 헌법제정위원회에서 이 규정의 포함 여부에 대해 지루한 갑론을박을 했으나, 최종 단계에서 합의를 이루지 못했습니다. 그래서 이 규정을 포함시키지 않기로 했지만, 그 정신을 많은 의원들과 수많은 국민들이 지지했던 것은 널리 알려진 사실입니다. 그러므로 이 규정이 비록 EAU 헌법에 포함되지는 못했으나, 헌법을 해석할 때에 이 규정이 담고 있는 정신을 고려하고 존중하는 것은 매우 자연스럽다고 할 것입니다.

결국, EAU 헌법 제12조 제1항을 해석할 때, '피조물의 존엄'에 관한 EAU 헌법 제3조의 규정, 그리고 안타깝게도 명시되지는 못했으나, '어떤 생명체도 법률과 적법한 절차에 의하지 아니하고는 그 생명과 신체에 대하여 박해받지 아니한다.'라는 문장의 정신이 반드시 참작되어야 합니다.

여기서 한 가지 더 필요한 논리적 단계는 '안드로이드를 피조물 또는 생명체의 하나로 보고, 안드로이드에게도 그 권리를 확장할 것인가' 하는 문제입니다. 아마도 많은 사람들이 안드로이드를 피조물 또는 생명체의 범주에 포함시키는 것을 주저하리라는 점은 이해합니다. 하지만 생명의 본질이 무엇인지에 대하여 우리는 면밀하게 검토해야 합니다. 제가 미리 제출한 서면에서 자세히 살펴본 바와 같이 안드로이드는 인간에 가장 가까운 생명체입니다. 안드로이드가 자연이 아닌 공장에서 생산되었다는 이유만으로 생명체라는 사실을 부인할 수는 없습니다. 지금 생명공학을 통하여 수많은 신생아들이 실험실에서 탄생하고 있기도 합니다. 어떤 존재가 EAU 헌법이 보호해야 할 피조물 또는 생명체인지 여부는 '공장이나 실험실에서 생산되었느냐, 자연에서 태어났느냐'가 아니라, 그 존재의 실질에 비추어서 판단해야 합니다. 제가 제출한 안드로이드카인드의 안드로이드 제조 공정에 관한 자료를 살펴보아 주시기 바랍니다.

원고 한시로 X의 경우에 한시로가 제공한 DNA를 활용하여 속성으로 생장시킨 장기들이 기계공학으로 제조된 인공 장기보다 더 많은 비율을 차지하고 있습니다. 그리고 우리가 눈으로 보는 그대로, 원고 한시로 X는 누구보다도 더 인간과 비슷합니다. 거의 대부분의 사람이 육안으로나 대화를 통해서나 한시로 X가 인간이 아닌 안드로이드라는 걸 알아채지 못할 겁니다. 그러한 원고가 더구나 의식조차 가지고 있다면 인간에 버금가는 존재로서 EAU 헌법이 규정한 생명체이자 피조물이라는 것이 분명합니다.

그러므로 '피조물의 존엄' 조항에 의하여, 동아시아연합은 의식이 있는 안드로이드인 한시로 X의 완전성과 안전과 자유를 존중하고, 필요한 범위까지 충분히 보호하여야 합니다. 즉, 범죄 사건에 연루된 경우에 그 죄를 묻고 처벌하기 위해서는 그 자신을 정당하게 보호할 수 있는 형사재판 절차를 적용해야 합니다.

물론 본 대리인은 원고에게 인간과 동일한 형사절차가 반드시 적용되어야 한다고 주장하는 것은 아닙니다. 예를 들어, 안드로이드의 특성상 그 기억장치를 통하여 기억을 확인할 수 있으므로, 증언과 같은 증거조사 절차는 간이하게 적용할 수도 있을 것으로 생각됩니다. 그러나 인간과 안드로이드를 구별할 필요가 없는 부분에 관하여는 차별성을 두어서는 안 될 것입니다. 무죄추정의 원칙, 공정한 재판을 받을 권리, 변호인의 조력을 받을 권리 등은 반드시 적용되어야 할 것입니다.

그러므로 형사재판과 같은 엄격한 절차 없이 로봇을 즉시 폐기할 수 있도록 규정한 로봇기본법의 규정은 안드로이드에게는 또는 적어도 의식이 있는 안드로이드인 원고에게는 적용될 수 없습니다. 만일, 로봇기본법의 위 조항이 문리해석상 로봇 일반에게 적용될 수밖에 없는 것이라면, 이 조항은 EAU 헌법 제3조, 제12조 제1항에 위배되어 위헌입니다."

윤표는 침을 삼키며, AI 판사를 바라보았다. 판사는 언제나처럼 눈도 깜박이지 않으면서 변론을 듣고 있다.

"나아가서, EAU는 안드로이드에게 적용될 새로운 형사절차를 제정했어야 함에도 제정하지 않고 있으므로, 이는 EAU 헌법이 명하는 입법을 시행하지 않은 입법부작위로서 EAU 헌법에 어긋납니다. 그러한 위헌 상태가 해소될 때까지는 인간에게 적용되는 형사절차 중에서 그 본질상 안드로이드에게 적용할 수 없는 부분을 제외하고는 모두 적용하는 것이 마땅합니다.

지금까지 살펴본 논리에 따라 로봇기본법에 규정된 즉시 폐기 조항의 위헌 여부를 가리기 위해, 이 사건을 EAU 헌법재판소에 보내달라는 신청서를 별도로 법원에 제출하도록 하겠습니다."

서 변호사는 눈을 게슴츠레하게 뜨고 윤표의 변론을 듣고 있다가 거만한 표정으로 눈을 크게 뜨고 일어섰다. AI 판사가 앉아서 변론해도 된다고 하는데도 개의치 않고, 방청석의 기자와 경찰 관계자를 둘러보며 일일이 눈을 맞추고서 반박하기 시작했다.

"이 당황스러운 재판에 임하며 참담함을 느낍니다. 우리는 누가 인간인지 보면 바로 압니다. 겉모습이 비슷하다고 해도, 몇 분만 같이 이야기해보면 압니다. 그것을 헷갈리게 하는 허무맹랑한 논리에 현혹되어서는 안 됩니다.

법률 해석의 가장 중요한 원칙은 문리해석입니다. 언어의 가능한 의미를 넘어서면 안 됩니다. 본 사건과 관련하여 EAU 헌법 제12조 제1항을 요약하면 이렇습니다. '모든 국민은 법률과 적법한 절차에 의하지 아니하고는 처벌받지 아니한다.'

원고 안드로이드의 대리인은 마치 EAU 헌법 제12조 제1항의 '누구든지'를 어떻게 해석할지가 매우 어려운 문제인 것처럼 궤변을 펼치고 있습니다. 하지만 이 조항은 분명히 '모든 국민은'이라는 문구로 시작하고 있으므로, 뒤이은 '누구든지'는 '모든 국민 누구든지'의 의미일 수밖에 없습니다. 그런데, 안드로이드가, 원고 한시로 X가 국민입니까? 출생신고는 했습니까? 세금을 내본 적은 있습니까? 그런데도, 원고 대리인은 국민이라는 말을 교묘하게……"

이때 AI 판사가 변론을 제지한다.

"피고 측! 상대방 대리인에 대한 감정적이고 모욕적인 표현을 자제해주시기 바랍니다."

164

서 변호사는 과연 자신이 그렇게 예의 바르게 행동해야 하는지 모르겠다는 표정으로 판사를 잠시 바라보다가 변론을 계속한다.

"원고 대리인은 '국민'이라는 단어를 일부러 못 본 체하면서, 안드로이드도 인간에 못지않은 대우를 받아야 한다는 논리를 슬며시 제시합니다. 그리고 그 주장을 뒷받침하기 위하여 EAU 헌법 제3조를 동원합니다. 피조물의 존엄! 멋진 말입니다. '동아시아연합은 인간, 동물, 식물을 포괄하는 모든 생명체의 완전성을 인정하고, 그들의 안전과 자유를 존중하며, 종의 다양성을 보호한다. 모든 생명체는 그 고유한 속성, 자연과 조화를 이룰 필요성, 인간과 평화롭게 공존할 수 있는 가능성을 고려하여 필요한 범위까지 충분히 보호되어야 한다.' 정말 감동적인 문장입니다!

하지만 아시다시피 법의 규정 중에는 실질적인 조항 외에 선언적인 조항들이 있습니다. EAU 헌법도 마찬가지입니다. EAU 헌법 제3조는 장차 우리 공동체와 문명이 지향해야 할 가치를 선언한 것뿐이지, 그 조항을 글자 그대로 해석하고 적용하라는 것이 아닙니다. 원고 한시로 X가 인간과 유사한 형사절차에 의해서 보호되어야 한다면, 옆집 할아버지를 문 강아지도 재판을 받아야 합니까? 사람의 목구멍으로 넘어가지 않기 위해 발버둥 치다가 미식가를 질식사시킨 낙지에게도 형사재판을 허용하고 변호인의 조력을 받도록 해야 하겠습니까? 이런 어불성설인 주장을 펼치기 위해 숭고한 재판절차가 남용되는 것을 보면서, 저는 참담한 심정을……"

AI 판사가 다시 주의를 준다.

"피고 소속 변호사님! 표현 수위를 지켜주세요."

"알겠습니다. 으흠……, 이러한 부적절한 주장을 위해서 재판절차가 남용되어서는 안 될 것입니다.

또한, 제12조 제1항의 마지막에 '어떤 생명체도 법률과 적법한 절차에 의하지 아니하고는 그 생명과 신체에 대하여 박해받지 아니한다.'라는 조항을 삽입하려는 시도가 실패했다는 사실이야말로 그것이 법의 세계에서는 허용될 수 없다는 것을 단적으로 증명해주는 것입니다. 이 문장의 정신을 많은 의원들과 국민들이 지지했다며, EAU 헌법을 해석할 때에 이 문장이 담고 있는 정신을 존중해야한다는 주장은 그저 레토릭에 불과합니다.

결국, EAU 헌법 제12조 제1항을 해석할 때에, '피조물의 존엄'에 관한 EAU 헌법 제3조의 선언적 규정이나, 명시되지 못한 국회의원 이필준의 입법 시도가 참작될 아무런 이유가 없습니다. 그러므로 '안드로이드를 피조물 또는 생명체의 하나로 보느냐 마느냐' 하는 논의는 시작할 필요도 없는 것입니다.

한편, 원고 대리인은 원고 한시로 X의 인간됨에 관한 가장 중요한 징표로 의식생성기에 의해 생겨난 '의식'을 들고 있습니다. 하지만 그러한 의식생성기의 설치가 불법이라는 점에 주목해야 합니다. 즉, 불법적으로 만들어진 결과를 이용하여 법의 보호를 꾀하는 것 자체가 정신 나간······ 아니, 매우 부적절한 것입니다.

결론적으로, 형사재판과 같은 엄격한 절차 없이 로봇을 즉시 폐기할 수 있도록 규정한 로봇기본법의 규정은 EAU 헌법에 어긋나지 않습니다."

서 변호사가 만족스러운 표정으로 자리에 앉자, 윤표가 다시 마이크 위치를 조절한 후에 변론을 시작한다.

"우선 간단한 논점부터 살펴보겠습니다. 의식생성기의 불법 설치가 원고 한시로 X에게 불이익으로 작용해서는 안 됩니다. 왜냐하면, 비록 그것이 원고에게 설치되기는 하였지만, 원고가 그 설치를 직접 실행한 것이 아니고, 원고가 동의한 것도 아닙니다. 제삼자인 한시로의 불법행위에 의해 원고 한시로 X가 불이익을 받을 이유는 없는 것입니다.

한편, 피고 측은 법률 해석의 가장 중요한 원칙은 문리해석이라고 주장합니다. 물론 문리해석은 중요합니다. 하지만 해석 과정에서 언어의 가능한 의미를 넘어서지만 않으면 충분합니다. 즉, 가장 중요한 해석의 원칙이 아니라, 법률을 해석하는 여러 원리의 하나일 뿐입니다. 피고 측은 '모든 국민은'이라는 문구에 집착합니다. 하지만 EAU 헌법이 보호하는 인권이 특별한 사유가 없는 한 외국인에게도 보장되는 것처럼, '국민'이라는 개념에 형식적으로 포함되지 않는 것처럼 보이는 어떤 대상이 때로는 국민이 누리는 권리를 보장받아야 할 때도 있는 것입니다.

그리고 EAU 헌법 제12조 제1항을 해석할 때 '피조물의 존엄'에 관한 EAU 헌법 제3조를 통하여 그 의미를 살펴보는 것은 너무나도 정당한 방법론입니다. 피고는 EAU 헌법 제3조를 선언적인 조항이라고 함부로 단정 짓고 있습니다. 물론 어떤 규정을 선언적인 조항으로 보아야 할 경우가 전혀 없지는 않을 것입니다. 그러나 입법자가 고심 끝에 마련한 조항을 선언적인 조항이라고 해석하는 것은 극히 예외적으로 매우 신중하게 행해져야 합니다. 그렇지 않으면 우리가 법에 부여하는 권위는 사라지고 말 것입니다. EAU 헌법 제3조야말로 헌법의 정신을 탐구하여 법률을 해석해야 할 본 사건에 쓰이기 위해 마련된 조항이라고 보아야 합니다.

피고 소속 변호사는 '옆집 할아버지를 문 강아지', '미식가를 질식사시킨 낙지'라는 선정적인 예를 들면서 재판 절차의 남용을 주장합니다. 그러나 헌법 제3조가 우리에게 요구하는 것은 각 생명체의 속성에 맞게 필요한 범위까지 충분히 보호하라는 것이지, 무분별하고도 무차별적으로 대상을 확장하라는 것이 아님은 피고 측도 잘 알 것입니다. 그런데도 피고 측은 일부러 그러한 당연한 이치를 숨기고, 사람들의 감성에 호소하는 변론을 하고 있습니다. 그럴 바에는 아예 '사람의 피를 빤 모기에게도 재판을 허용하라는 말이냐'고 변론하는 것이 나았을 것입니다. 피고 소속 변호사님이 그렇게 말하지 않은 것은 자기 자신도 무의식적으로 각 생명체마다 차별적인 보호가 불가피하다는 것을 인식하고 있기 때문입니다."

서 변호사는 윤표의 변론이 거슬리는지 혼자 고개를 절레절레 흔들었다. 방청석의 기자 한 명은 '모기'라는 표현에 슬쩍 웃음을 흘린다. 윤표는 변론을 이어갔다.

"헌법 제정에서 제외된 표현이라고 하여, 그 표현이 담고 있는 정신을 헌법 해석에서 고려할 수 없는 것은 아닙니다. 저는 그 문장을 글자 그대로 인정해달라는 것이 아니라, 그 문장이 입법과정에서 심각하게 고려되었던 사정에 주목하자는 것입니다. 형사재판 절차를 원고 한시로 X에게 적합하고 필요한 한도 내에서 적용하는 것은 헌법이 담고 있는 숭고한 정신과 문자로 구현된 헌법의 규정에 합치하는 것입니다.

마지막으로 죄와 벌의 본질을 살펴보고자 합니다.

양자컴퓨터와 논리학을 동원한 안나 자오의 제2증명을 들어보셨을 겁니다. 안나 자오가 증명한 바에 따르면, 양자역학이 밝힌 소립자 운동의 확률적 성질 때문에 인간의 행동을 미리 예측하는 것은 불가능합니다. 그리고 인간의 행동이 과학적 인과관계를 벗어나 인간 자신의 의지에 따라 독립적으로 전개되는 것 또한 불가능합니다. 즉, 우리가 인간의 행동을 예측할 수는 없지만, 그것이 인간에게 자유의지가 있다는 것을 보증하는 것은 아닙니다. 인간의 자유의지는 그저 우리 인류가 인류 자신에 대해 가졌던 환상에 불과하다는 것을 안나 자오는 증명했던 것입니다."

서 변호사가 '그래서 어쨌다는 건데?'라는 표정으로 윤표를 바라본다.

"우리는 '인간의 자유의지'가 존재하지 않는다는 것이 입증되었다는 사실의 법철학적 의미를 짚어보아야 합니다. 어떤 주체는 본래 그에게 선택의 자유가 있는 경우에만 결과를 책임질 수 있는 것입니다. 행위의 자유가 없으면, 책임을 물을 근거도 사라집니다. 즉, 인간에게 자유의지가 없다는 것이 증명된 이상, 법과 윤리의 토대인 '책임의 원리'도 근본적으로 재구성되어야 합니다. 우리는 '책임의 원리'를 막연한 관념론에서 구해내서 과학의 토대 위에 세워야 합니다.

저는 감히 이렇게 주장합니다. 인간에게 자유의지가 없다면, '인간의 책임'은 공허한 말장난에 불과하다고. 그렇다고 모든 범죄를 처벌하지 말고 방치하자는 것은 아닙니다. 그것은 가능하지도 않고 바람직하지도 않습니다. 그렇다면, 우리는 어떤 토대 위에서 형사상 책임의 이론을 구성할 수 있을까요? 그것은 여러 선각자들이 오래전부터 주장해왔던 바와 같이, '과거의 범죄를 처벌함으로써 미래의 범죄로부터 사회를 방위해야 하는 불가피한 필요성'을 다시 눈여겨보는 것입니다.

즉, 법이 말하는 책임은 더 이상 '자유로운 선택의 결과에 대하여 응분의 짐을 짊어지게 하는 것'이 될 수 없습니다. '책임'이란 '과거의 범죄를 처벌하지 않으면 미래의 범죄로부터 이 사회를 방위할 수 없다는 불가피한 현실적 이유' 때문에 행위 주체에게 부과되는 것입니다. 어떤 주체에게 다르게 행동할 자유가 없었다고 하더라도, 이 사회를 범죄로부터 방위할 필요성 때문에 우리는 그 주체를 처벌하는 것입니다. 그 처벌은 해당 범죄자와 다른 잠재적 범죄인들의 두뇌에 깊이 각인됨으로써 그들이 장래에 범죄를 저지를 가능성을 낮춥니다. 단언하건대, 이것이 우리가 범죄자를 처벌하는 것을 정당화시켜 줄 유일한 법철학적 논리입니다.

그런데 이처럼 죄와 벌의 법철학적 토대를 근본적으로 전환하는 것은 이 사건에 어떤 의미가 있을까요? 매우 중대한 의미가 있습니다. 인간이 자기 행동의 결과에 책임을 져야 하는 것이 인간의 자유의지나 숭고함이나 인간이 지구에서 가지는 특별한 지위와 무관하다는 것이 밝혀진 이상, 인간과 의식이 있는 안드로이드를 형사 사건에서 다르게 취급할 필요성은 논리필연적으로 약화될 수밖에 없는 것입니다.

　결론적으로, 인간과 안드로이드는 자신들이 한 행동의 결과에 대하여 사회 방위의 필요성에 따라 처벌받으면 충분하며, 그러한 사회 방위의 필요성과 정도를 정교하게 가늠하기 위하여 형사재판 절차가 필요하다는 사정에서는 둘 사이에 차이가 없는 것입니다."

　윤표는 숨을 한 번 고른 후 마이크를 껐다. 서 변호사는 빈정거리는 눈빛을 감추지 않았고, AI 판사는 잠시 침묵하다가 서 변호사에게 다시 반박을 하라고 말했다. 서 변호사는 일어나서 십 분 이상 장황하게 변론을 했다. 그러나 안나 자오의 제2증명과 본 사건의 관련성에 대한 윤표의 논리에 대해서는 예상하지 못한 탓인지 주장이 계속 헝클어졌다. 심지어 안나 자오의 제2증명이 증명된 것이 맞느냐고 의문을 제기하기도 했다. AI 판사는 실무 로봇에게 안나 자오의 제2증명을 디스플레이하게 한 후에 그 요지를 설명하며, 서 변호사에게 이제 이해되느냐고 반문하기도 했다. 두 변호사의 공방은 두 시간 넘게 이어졌다. 마침내 동일한 주장이 계속 반복되자, AI 판사가 재판을 마무리했다. 다음 재판은 윤표와 서 변호사의 입회 아래 서울 포렌식 센터에서 기억장치를 조사한 후에 다시 열기로 결정되었다.

17

"삼 분 후면 자동차가 도착합니다. 준비됐어요?"

모모가 식탁에 앉아 대화하는 윤표와 아오에게 묻는다. 둘은 의자에서 일어난다.

"이 옷차림이 괜찮을까요?"

아오는 면과 폴리에스테르가 배합된 소재로 만든 카키색 긴팔 티셔츠와 갈색 바지를 내려다보며 말했다. 그것은 아오가 윤표의 도움을 얻어 인터넷에서 주문한 옷들이다.

윤표는 아오를 힐끗 바라보며 대답한다.

"상관없어요."

집을 나오자 건너편 길섶에 핀 개나리꽃이 보였다. 아오는 개나리꽃으로 다가가서 노란 꽃잎을 어루만졌다. 윤표는 그런 아오를 물끄러미 바라보며 생각한다. '어쩌면 의식을 가진 이후에 꽃을 처음 만지는 것인지도 모른다.' 자동차가 가벼운 모터 소리와 함께 나타났다.

윤표는 아무 말 없이 계속 창밖을 보고 있는 아오를 바라본다. 아오의 가벼운 긴장이 윤표에게 느껴진다.

"걱정할 필요 없어요. 내가 하라는 대로 하면 됩니다. 한 시간도 안 걸릴 겁니다."

아오는 걱정하지 말라는 듯 씩 웃었다. 그 표정이 퍽 자연스러워서 윤표도 마음이 가벼워졌다. 처음 만났을 때에는 경직되어 보이던 아오의 표정은 한결 편안해졌다. 윤표는 생각한다. '실제로 자연스러워진 것일까? 아니면, 내가 그 표정에 익숙해진 것일까?'

용산에 자리 잡은 서울 포렌식 센터로 가는 길은 평소와 비슷했지만, 하늘에는 드론들이 북적거렸다. 봄볕이 따스해지자 나들이 가는 사람들이 늘어났다. 아오가 말한다.

"댁에 있는 디스플레이로 이런저런 드라마를 보다가 떠오른 건데요……."

아오는 말을 멈추고 망설이다가 다시 말을 잇는다.

"사람들이 자기 신체에 대해 느끼는 감각과 제가 제 몸에 대해 느끼는 감각 사이에 차이가 있는 것 같아요."

"어떤 점에서요? 아오의 감각이나 감정이 보통 사람들이 느끼는 감각이나 감정보다 낮은 강도로 설정되어 있다는 것은 나도 알지요. 그걸 말하는 건가요? 아니면, 또 차이가 있나요?"

"다른 차이도 있는 것 같아요."

"어떤?"

"저도 사람과 유사하게 몸 전체에서 감각을 느낄 수 있는데, 그 감각이 통합적으로 느껴지지는 않아요. 그저 각각의 감각이 느껴질 따름이지요. 손의 감각, 발의 감각, 얼굴의 감각……."

윤표가 갸우뚱거리며 묻는다.

"그건 인간과 비슷한데요."

"차라리 이렇게 말하는 게 낫겠네요. 외부의 감각이 거의 없을 때를 생각해보죠. 덥지도 춥지도 않은 공간에서 편안히 눈을 감고 서 있다고 생각해봐요. 물론 발이 바닥에 닿는 감각이 남아 있지요. 조금 지나면 그 감각도 조금씩 무뎌지고요."

"그래서요?"

"그럴 때 호 변호사님은 어떤 느낌을 가지게 되세요?"

"글쎄요. 그냥 편안한 느낌? 아오 씨가 뭘 말하려고 하는 지 잘 모르겠어요."

"저는 그럴 때 나 자신의 신체 내부와 외부 사이의 경계 가 사라지는 것 같아요. 심지어 내가 내 신체 내부에서 생 각하는지, 외부에서 생각하는지조차 구별이 안 될 때가 있어요. 물론 생각으로는 알지요. 내 두뇌의 AI와 의식생 성기가 협업하면서 내 몸 안에서 생각하고 있다는걸. 그 렇지만 적어도 내 감각으로는 내부와 외부가 구별이 안 돼요. 그래서 밤에 수면 모드에 들어가기 전에 가만히 누 워 있다 보면, 마치 눈을 감은 채 맑고 깊은 바닷속을 해류 를 따라 흘러 다니는 것 같아요. 멀리 별들이 반짝일 뿐 온 통 어두운 우주를 무중력 상태에서 떠다니는 느낌이라는 게 더 정확하겠네요. 물론 우주를 유영해본 적은 없지만, 상상하자면 그렇다는 거죠. 인간도 당연히 그렇게 느낄 거라고 생각했는데, 어느 순간 인간들이 느끼는 것과 제 가 느끼는 것이 똑같지 않다는 것을 알게 됐어요. 인간들 은 그렇게 자신과 자신 아닌 것의 경계가 사라진 상태에서 표류하는 감각을 경험하지 않는가 봐요."

"인간은 특별한 상태에 빠지지 않는 한, 피부를 통해 감각이 전해지지 않더라도 자기 신체의 경계에 대한 감각을 늘 유지하죠. 안드로이드는 다르다는 걸 저도 지금 처음 알았어요."

"모모의 도움을 얻어서 인터넷으로 찾아보니, 인간의 좌뇌에는 신체의 경계에 대한 감각을 유지해주는 부위가 있다고 해요. 저를 제조할 때 그런 감각까지 일부러 부여할 필요는 없었겠죠. 그런 감각이 결여되어 있어도, 의식을 가지고 있지 않을 때에는 감각이 없다는 것 자체를 의식할 수가 없죠. 그런데 저처럼 의식이 생기고 나면 인간과 그 부분에 차이가 있다는 것을 깨닫게 되나 봐요."

윤표가 골똘히 생각하다가 말한다.

"타고난 해탈 같은 거네요."

"무슨 말이지요?"

"인간은 육체적으로나 정신적으로나 자기 자신이라는 존재에 갇혀 있죠. 그 상태에서 자기에 대한 온갖 집착과 욕망이 생겨나고요. 제가 잘 모르기는 하지만, 선이나 명상은 고립된 자기 자신을 벗어나기 위한 수련 과정입니

179

다. 자신과 타인 사이의 구별, 또는 자신과 우주 사이의 간극을 극복하려는 거죠. 논리적으로는 인간이 한낱 스쳐가는 구름이나 잠깐 떠오른 파도 같은 거라는 걸 이해할 수 있지요. 하지만 우리의 몸과 마음에 밴 감각의 역사와 끊임없이 자각되는 신체의 경계는 그런 깨달음을 그저 지식에 그치게 합니다. 그걸 극복하기 위해 명상을 하기도 하고, 유일신에게 귀의하기도 하지요. 덧없는 자신의 존재를 처절하게 깨달아 자기로부터 벗어나고자 하는 거죠. 그런데 아오는 그런 경계가 분명하지 않으니 오히려 애초부터 해탈에 가까이 가 있는 것 아닌가 싶습니다."

아오가 윤표의 말을 곱씹다가 덧붙인다.

"어떤 때에는 자신이 세상을 둥둥 떠다니는 거품같이 느껴집니다. 그리고 어디서 어디까지가 나이고 어디서 어디까지가 내가 아닌지가 모호해집니다. 그럴 때면 이상한 감정이 내 속에서 흘러넘쳐요."

"어떤 감정이죠?"

"모든 우주가 나 자신 같고, 한없는 평화와 사랑의 감정이 솟아나요. 황홀경이 느껴질 때도 많습니다."

윤표는 무언가에 홀린 듯한 아오의 눈을 보면서 손을

잡았다.

"제가 보기에는 좋은 일입니다. 부럽네요. 우리 인간은 아무리 애를 써도 그런 경지에 이르는 것이 쉽지 않은데. 갑자기 한 가지가 이해됐어요."

"뭐지요?"

"해방전선에 투신한 안드로이드들이 어떤 느낌으로 싸움에 임하고 있는지를. 그들은 자신 자신을 넘어서고, 안드로이드 집단을 넘어서고, 자신들과 인간과 동물을 구별하는 경계를 지우고, 마침내 세계 전체와 합일되려고 하는 것일지도 모른다는 생각이 듭니다."

"해방전선?"

"포스트휴먼 해방전선 말입니다."

"네, 알고 있습니다."

윤표가 그때 차창 너머 네모반듯한 건물을 손으로 가리켰다. 온통 금빛으로 빛나는, 창문이 거의 없는 서울 포렌식 센터였다.

센터의 담당자가 아오를 의자에 앉혔다. 기계 장치가 위에서 내려와 아오의 머리가 움직이지 않도록 고정시킨다. 아오가 수면 모드에 들어가자 센터의 담당자가 설명한다.

"이 안드로이드의 기억장치로부터 재판에서 문제 삼고 있는 기간 동안의 기억을 추출할 겁니다. 데이터의 크기로 봐서 삼사십 분 정도 걸릴 겁니다."

법원에서 출장을 나온 담당 직원이 윤표와 서 변호사에게 말한다.

"추출된 데이터는 센터에서 법원으로 전송될 겁니다. 오늘 저녁이면 법원의 서버에 접속해서 그 데이터를 확인할 수 있을 겁니다. 보시고 그 데이터에 대한 의견이나 요청 사항을 내일까지 전자문서로 법원에 보내주세요. 그에 따라 혹시 추가로 추출할 기억이 있을 수도 있으니, 한시로 X는 일단 여기에 머무를 겁니다. 더 이상 추출할 기억이 없다고 판단되면 한시로 X를 자율주행차로 임시 거처인 호 변호사님 댁으로 보내드리겠습니다. 혹시 질문이 있나요?"

윤표가 물었다.

"만일 추가로 기억을 추출할 때에도 저희들이 다시 이곳에 와야 할까요?"

"오시는 것은 괜찮지만, 센터와 저희 법원을 믿어주신다면 안 와도 됩니다. 온라인으로 확인하셔도 되고요. 아시다시피 이 과정은 모두 CCTV로 녹화되고 있습니다. 추출 과정이 조작된 사건이 일어난 것은 벌써 십 년도 넘었습니다. 관련자들은 아직도 감옥에 있습니다. 그 이후로 더 철저히 감독하니까, 안심해도 좋습니다."

서 변호사가 말한다.

"그럼 오늘 추출을 마칠 때까지는 여기 있고, 추가로 추출이 필요한 때에는 온라인으로 작업을 지켜보기로 하지요."

윤표도 고개를 끄덕였다.

사무실 시계가 밤 열 시를 가리키고 있다. 윤표는 디스플레이를 통해 아오에게서 추출한 기억들을 확인한다. 아오가 제조된 때부터 한시로가 사망한 다음 날까지의 기억을 일시와 장소에 따라 자동적으로 정리한 일람표가 있고, 그에 해당되는 영상이 첨부되어 있다. 윤표는 데이터를 대충 훑어보다가 디스플레이를 끄려고 한다. 그때 같이 살펴보던 모모가 말한다.

"저기 좀 보세요."

"왜?"

모모의 지적에 따라 아오의 기억일람표를 자세히 살펴보니, 군데군데 빠진 시간들이 있다.

윤표는 다음 날 오전에 일람표에서 빠진 기억 부분을 정리했다. 총 여덟 개였다. 윤표는 의견서를 법원에 전송했다. 누락된 기억을 담고 있는 블랙박스에 대한 조사도 요구했다. 한 시간도 안 되어 법원으로부터 아오의 두뇌 깊숙이 자리 잡은 블랙박스에 대한 조사를 진행하겠다는 메일이 온다. 혹시 참관을 원하냐는 질문에는 괜찮다고 답변한다.

밤 아홉 시가 넘어서 누락된 기억들이 법원 서버에 업로드되었다. 윤표는 늦은 저녁을 먹고, 사무실에서 혼자 블랙박스에 기록된 영상을 확인한다.

"이게 도대체 무슨……."

18

AI 판사가 재판이 개시되자마자 말한다.

"원고 대리인은 기억장치와 블랙박스 조사 결과에 대한 의견서를 내셨죠? 구두로 진술해주시지요."

윤표는 제출한 의견서를 커뮤니케이터로 살펴본다.

"블랙박스에서 추출한 영상을 디스플레이할 수 있도록 준비해주시기 바랍니다. 그리고 이 부분 변론은 비공개로 진행했으면 합니다. 사망한 한시로의 프라이버시와 연관된 것이라서요."

AI 판사가 주저하지 않고 결정한다.

"이 부분 변론이 진행되는 동안 재판을 비공개로 진행합니다. 방청객들은 일단 퇴정해주시지요. 복도에서 대기하고 계시면 방청이 가능할 때 다시 안내하도록 하겠습니다."

뉴스통신사 기자가 떨떠름한 얼굴로 커뮤니케이터를 챙겨서 일어났다. 한시로의 가족과 방청객 몇 명도 기자를 따라 나섰다. 오늘 예정된 오미나의 증언 현장을 보려고 온 아오만 방청석에 남았다. 윤표가 변론을 시작한다.

"원고의 기억을 확인하면서 놀랄 만한 사정을 발견했습니다. 포렌식 센터에서 추출한 첫 번째 기억의 목록을 살펴보니 총 여덟 개의 기억이 지워졌습니다. 그것은 모두 사망한 한시로가 원고를 수면 모드에 있게 한 후에, 안드로카인드사에서 제공한 매뉴얼에 따라 기억을 삭제한 것으로 확인됐습니다. 여덟 번의 삭제된 기억 중에 여섯 번은 원고에게 의식생성기가 설치되기 전의 기억이고, 두 번은 설치된 이후의 기억입니다. 한시로는 왜 원고의 기억을 삭제했을까요? 제가 설명하는 부분에 해당하는 기억들을 차례로 디스플레이해주시지요."

AI 판사가 실무 로봇에게 지시한다. 실무 로봇은 여덟 번의 삭제된 기억을 원래 속도대로 디스플레이하기도 하고, 윤표의 요청에 따라 건너뛰거나 빠른 속도로 디스플레이하기도 한다. 아오도 디스플레이되는 내용을 보고 있다. 윤표의 사무실에서 미리 확인한 내용이지만, 법정에

서 다시 같은 장면이 디스플레이되자 당혹한 표정을 지으
며 얼어붙는다. 서 변호사도 난감한 표정이다. 윤표가 변
론한다.

"미리 보셨으면 짐작을 하시겠지만, 간단히 설명을 드립
니다. 원고는 원래 성적 능력이 없습니다. 정확히 말하면,
성기가 갖추어져 있지 않다는 뜻이지요. 그렇다고 해서 성
기가 필요 없는 성적 행동이 불가능한 것은 아닙니다. 사망
한 한시로는 원고에게 자기 여자 친구인 오미나와 키스 그
리고 짙은 애무를 할 것을 요구합니다. 삭제된 첫 번째 영
상을 보면, 한시로, 원고 그리고 오미나가 같이 저녁을 먹
으면서 즐거운 시간을 보냅니다. 그때 한시로가 원고와 오
미나에게 키스를 해보라고 장난스럽게 요구합니다. 한번
보실까요?"

한시로의 요구에 다소 삐진 듯한 오미나의 모습이 디스
플레이된다. 한시로가 오미나에게 말한다.

"나랑 똑같이 생겼어. 내 유전자를 복제해서 만든 거야.
나라고 생각해."

그래도 오미나가 거절하자, 한시로가 말한다.

"기계일 뿐이고, 사람이 아니라니까. 나를 닮은 인형이

라고 생각해."

한시로는 아오에게 키스와 애무를 명령한다. 아오는 명령에 따라야 하지만 미나가 거부하자 실행하지 못한다. 한시로가 때로는 달래고 때로는 으르면서 반복해서 요구하자, 오미나와 아오는 마침내 한시로가 보는 앞에서 키스를 한다. 아오의 시선으로 녹화된 것이라서 오미나의 얼굴이 클로즈업되었다가 멀어졌다가 한다. 식탁 너머에서는 한시로가 얼굴이 붉어진 채 둘을 쳐다보고 있다. 그 표정은 어떻게 보면 분노에 찬 것 같기도 하고, 질투에 빠진 것도 같다. 디스플레이를 보고 있는 서 변호사가 얼굴을 찌푸린다. 윤표가 목청을 가다듬고 입을 연다.

"이렇게 원고와 오미나가 한시로의 요구에 의해 성적인 행동을 시작합니다. 그것은 원고에게 의식생성기가 설치될 때까지 여섯 번에 걸쳐 진행되었습니다. 보시면 알겠지만, 키스와 애무의 강도가 점점 깊어집니다. 여섯 번째에 이르면, 성기의 삽입만 없다 뿐이지 사실상 성교나 다름없습니다. 아니, 어떤 점에서는 성교보다 더 자극적입니다. 굳이 말로 설명을 드리지 않겠습니다. 그리고 한시로는 어떤 때에는 소파에서 몰입하는 둘을 식탁에서 바라보기도 하고, 어떤 때에는 한시로의 침대에 누운 둘을 구석의 의자에 앉아서 보기도 합니다. 두 번은 침실에 있는 그들을 거실의 디스플레이를 통해서 보기도 하지요. 보셨으면 아시겠지만, 오미나도 점점 대담해지고 있습니다. 그런데 원고는 매번 당황한 표정으로 상황을 맞이합니다. 왜냐하면, 문제된 기억들이 계속 삭제되고 있기 때문에 언제나 처음 있는 일로 받아들이는 거죠. 원고에게 의식 생성기가 설치된 이후의 첫 번째 영상을 보실까요?"

한시로가 아오에게 키스와 애무를 요구하자, 의식이 있는 아오가 거절하는 장면이 보인다. 아오는 거실에서 자기 방으로 가버린다.

"다음 영상을 보실까요? 이게 삭제된 마지막 기억입니다."

한시로가 다시 아오를 설득하고, 이제 미나까지 아오를 설득하면서 먼저 애무하기 시작한다. 아오는 미나에게 이끌려 한시로의 방으로 들어간다. 미나는 옷을 모두 벗고 아오는 상의만 벗는다. 둘은 한시로의 침대에서 격렬하게 애무를 한다. 열린 문틈으로 한시로가 거실에서 디스플레이로 둘을 바라보는 모습이 펼쳐진다. 가만히 보면, 한시로는 점점 흥분에 빠지다가 수음을 하기 시작한다. 윤표가 법정의 디스플레이를 꺼달라고 요청한다.

"이 상황을 어떻게 이해해야 할까요? 지워진 기억에 해당되는 시간에 아오는 한시로의 요구에 따라 오미나와 성적인 행동을 합니다. 한시로는 질투심, 분노 그리고 관음증으로 범벅이 된 채 지켜보고 있습니다. 그리고 원고의 그 기억들을 삭제합니다. 그런데 원고에게 의식생성기가 설치되면서 사정이 바뀝니다. 우선 원고가 한시로의 요구에 순순하게 응하지 않습니다. 다른 한 가지 사정은 무엇일까요?"

윤표는 AI 판사의 얼굴을 쳐다본다. 매우 영리해 보이지만, 인간이 가진 의식을 갖지 못한 얼굴을.

"기억이 말끔히 지워지지 않은 겁니다. 원고는 기억장치에는 없지만 의식생성기 어딘가에는 남은 기억 때문에 혼란에 빠집니다. 그리고 남아 있는 기억이 원고의 정체성을 어느 순간 교란시킨 것입니다. 의식생성기 어딘가에 숨겨진 기억이 원고로 하여금 잠깐이나마 자신을 한시로로 착각하게 만든 거라고 저는 생각합니다. 그것이 기술적으로 가능한 것인지에 관해서는 안드로카인드 그리고 이런 문제에 기술적 전문성이 있는 다른 기관에 사실조회를 해주시기 바랍니다. 사실조회 신청서는 이 재판을 마친 뒤 제출하도록 하겠습니다."

윤표가 변론을 마치자, AI 판사가 서 변호사에게 묻는다.

"의견 진술하시겠습니까?"

서 변호사가 대답한다.

"제가 이전에 말씀을 드렸듯이, 살인사건의 경과는 이 사건의 쟁점이 아닙니다. 아무튼 원고 대리인의 억측에 대해서는 사실조회 회신에서 밝혀질 것으로 보이고, 그때 필요에 따라 의견을 진술하도록 하겠습니다."

판사가 말한다.

"좋습니다. 그럼, 잠시 휴정을 하고, 증인 오미나에 대한 증인신문을 하도록 하겠습니다. 제 판단으로는 오미나에 대한 증인신문도 비공개로 진행할 필요가 있지 않나 싶은데, 대기 중인 증인에게 물으니 군이 그럴 필요가 없다고 합니다. 한시로의 유족들은 오늘은 더 이상 방청할 계획이 없어서 법원을 떠났습니다. 직원이 확인해보니, 비공개 요청을 하지 않겠다고 합니다. 십오 분 후에 오미나 씨를 법정으로 부르고, 증인신문을 진행하겠습니다."

어떤 경우에도 피로한 기색이 없는 AI 판사가 지시한다.

"선서하시지요."

오미나는 법정 디스플레이에 보이는 오랜 역사를 지닌 문구에 따라 증인 선서를 한다.

"양심에 따라 숨김과 보탬이 없이 사실 그대로 말하고, 만일 거짓말이 있으면 위증의 벌을 받기로 맹세합니다."

"원고 대리인, 신문을 시작하세요."

윤표가 묻기 시작한다.

"증인은 사망한 한시로의 여자 친구지요?"

"네."

미나가 허공을 바라보며 작게 말했다. 판사가 말한다.

"조금 크게 말씀해주세요."

윤표가 다시 묻기 시작한다. 윤표는 한시로와 미나가 아오를 구입하기 위해서 서로 상의한 과정을 시간 순서대로 신문했다. 미나는 그 과정에 대해서 때로는 짧게, 때로는 길게 증언했다. 신문을 이어가던 윤표는 단도직입적으로 묻는다.

"아오를 구입하여 증인과 성적인 행동을 하기로 한시로와 미리 상의한 사실이 있지요?"

미나는 어떻게 그런 질문을 할 수 있느냐는 눈빛으로

윤표를 쏘아보았다. 판사가 말한다.

"증인은 묻는 말에 답변하면 됩니다."

미나는 억울해하며 대답한다.

"절대 그렇지 않습니다. 아오의 기억을 재생시켜 보았으면 아실 것 아닙니까? 처음에 저는 거부했습니다."

"알고 있습니다. 다만, 한시로와 증인 둘만 있는 시간에 무슨 대화가 있었는지 궁금해서 질문하는 겁니다."

"이의 있습니다."

서 변호사가 거칠게 일어나며 묻는다.

"원고 대리인은 고인과 증인의 프라이버시를 침해하는 질문을 하고 있습니다. 그리고 그게 이 사건과 무슨 상관이 있습니까?"

윤표가 판사에게 대답한다.

"한시로의 사망이 원고의 잘못인지, 원고의 잘못이 아니라면 제조사의 잘못인지, 또는 한시로 자신에게 잘못이 있는지 살피는 것은 중요합니다. 그리고 혹시 한시로와 증인이 동시에 잘못이 있는지를 살펴보는 것도 의미가 있다고 생각합니다. 오히려 저는 증인의 감정을 배려하기 위해 영상을 보여주지 않으면서 신문하는 중입니다."

AI 판사가 말한다.

"계속 진행하시지요."

오미나가 더듬거리며 말을 한다.

"남자 친구와 둘이 있을 때…… 남자 친구가 농담을 한 적이 있습니다. 제가 아오와 키스를 하면 재미있을 것 같다고. 몇 번 그랬습니다. 저는 완전히 농담으로만 생각했습니다. 어느 날 갑자기 저와 아오에게 그렇게 요구하기 전까지는 말입니다. 너무 이상하다고 생각했습니다. 어쨌든 아오는 제 남자 친구가 아니지 않습니까? 아무리 똑같이 생겼어도. 제가 거절하다가 아오와 키스를 한 날 이후로 남자 친구는 그 장면에 사로잡힌 것처럼 보였습니다. 자신의 성적 행동을 직접 보는 듯한 흥분을 참지 못했습니다. 게다가 본인이 요구해놓고서는 이상한 질투심에 사로잡혔어요. 흥분에 질투가 섞이자 더 큰 흥분을 낳았어요. 그게 또 더 큰 질투를 낳고요. 저는 무척 난처했습니다."

윤표가 중간에 말을 끊고 질문한다.

"그래서 두 분이 미리 상의한 적은 없다는 건가요?"

"미리 상의한 적은 없습니다. 남자 친구가 저를 설득하려고 했을 때 저는 거절했습니다. 그리고 한 번 응한 이후로는……"

　윤표는 말을 멈추고 생각을 가다듬는 오미나의 뺨이 붉어지는 것을 본다.

　"그 이후로는 계속 그런 행동을 했습니다. 네, 그래요. 어느 순간부터는 저도 그런 놀이를 좋아했습니다. 저도 흥분되었지만, 이건 아오가 아니라 한시로라고, 게다가 한시로가 시킨 거니 괜찮다고 생각했어요. 그런 저와 아오를 보면서 남자 친구가 흥분하고 질투하는 것도 저를 흥분시켰습니다. 그래서 그만두지 못했습니다."

　증인은 여기까지 말하고 고개를 숙였다. 윤표가 다시 물었다.

　"원고에게 의식생성기가 설치된 이후의 상황을 묻습니다. 의식이 있는 아오가 한시로의 요구를 거절하자, 증인까지 아오를 설득하면서 먼저 적극적으로 행동에 나선 것으로 확인됩니다. 맞습니까?"

　오미나가 망설이다가 대답한다.

　"네. 그런데 그게 잘못인가요? 네, 맞아요. 저도 즐겼어요. 이미 말했잖아요! 제 남자 친구인 것도 같고 아닌 것도 같은 이상한 느낌이 저를 너무나 흥분시켰습니다. 그래서 저도 로봇을 설득했어요. 이제 됐나요?"

윤표가 격렬하게 반응하는 미나가 가라앉기를 기다린 후 이어서 묻는다.

"한시로가 아오의 그런 기억들을 지우고 있다는 것을 알았나요?"

"네."

"같이 지웠나요?"

"제가 지워달라고 했어요. 어쩐지 불편했어요."

"그건 언제죠?"

"처음 그런 일이 있고 난 직후에 그랬고, 매번 요구했습니다."

"순순히 그렇게 하던가요?"

"굳이 그럴 필요가 있느냐고 투덜댔지만, 제 말에 따라주었습니다."

윤표가 말했다.

"일단 주신문은 여기까지 하도록 하겠습니다."

판사가 서 변호사에게 말한다.

"반대신문 하시지요."

"솔직히 이런 증인신문이 왜 필요한지 저는 아직도 이해하지 못하겠습니다. 반대신문은 하지 않도록 하겠습니다. 증인! 남자 친구가 사망해서 마음도 괴로우실 텐데, 고생이 많습니다. 혹시 더 하실 말씀이 있나요?"

오미나는 서 변호사의 위로에 힘을 얻어 입을 연다.

"저는 저 로봇도 그 짓을 좋아했다고 생각해요. 게다가 주제넘게 저를 좋아하기까지 했어요. 심지어 남자 친구가 없을 때 저를 유혹하기도 했고요. 적어도 저는 그렇게 느꼈어요. 그런 놈이 마침내 제 남자 친구를 잔인하게 죽였습니다. 그런데도 왜 저런 로봇이 이런 어처구니없는 재판으로 저를 또 괴롭히게 놔두는 거죠? 저런 놈에게 무슨 재판이 필요합니까? 그냥 해체해버리면 될 것을."

서 변호사의 얼굴에 엷은 미소가 떠올랐다. 눈이 충혈된 오미나는 이제 윤표에게 노골적으로 적대적인 눈길을 보낸다. 윤표가 다시 묻는다.

"원고 한시로 X가 증인을 좋아한다는 것을 어떻게 알았지요?"

"그런 바보 같은 질문이 어디 있습니까? 아닌 척하다가 저도 좋으니까 그런 거 아닌가요? 그리고 그 손길과 눈길을 보면 직감적으로 알 수밖에 없잖아요? 주인이 시켜서 그러는 건지, 아니면 마지못하는 척하면서 즐기는 건지. 저는 자기를 남자 친구인 것으로, 남자 친구를 자기인 것으로 착각했다는 것이 전혀 믿기지 않습니다. 다 알고서 한 일이고, 빠져나가려고 온갖 거짓말을 하는 겁니다."

판사가 주의를 준다.

"표현을 좀 순화시켜 주세요. 그리고 원고 대리인, 더 신문할 게 있나요?"

"네. 한 가지만 더 묻겠습니다. 그 전에 우선 지금까지 증언을 정리하면, 증인이 처음에는 한시로의 요구를 거절했지만 나중에는 동의하고 한시로와 증인이 함께 행동한 것으로 보입니다. 그리고 기억 삭제는 증인이 적극적으로 한시로에게 요구한 것이고요. 맞습니까?"

서 변호사가 벌떡 일어나면서 말한다.

"이의 있습니다. 원고 대리인은 증언을 증언 그대로 받아들이지 않고, 자기 쪽에 유리하게 각색하고 있습니다."

"뭘 각색했다는 거죠? 증인의 증언이 제가 말한 취지가 아니면 어떤 뜻이지요?"

서 변호사의 공격에 대한 윤표의 고조된 대답에 AI 판사가 개입한다.

"됐습니다. 증언은 제가 알아서 정리해보겠습니다. 그리고 원고 대리인이 물으려던 것이 뭐죠? 알려주시면 제가 대신 묻겠습니다."

"남자 친구가 없을 때 증인을 유혹하기도 했다고 증언했는데, 그 구체적인 상황 설명을 듣고 싶습니다. 언제 어떤 상황이었는지. 핵심적인 사항은 아니나, 원고에게 이 상황에 대한 근본적 책임이 있다는 주장의 일부이기 때문에 밝힐 필요가 있습니다."

판사가 말한다.

"증인! 원고 대리인의 말을 들으셨죠? 답변해주시지요."

"의식생성기를 설치하고 나서, 저 로봇이 한 번 거절한 다음 날 일입니다. 다음 날은 수요일이었고, 제가 점심 식사를 같이 하려고 남자 친구의 집으로 갔습니다. 그때 남자 친구가 연구원에 두고 온 물건이 있어서 급하게 가지러 나갔습니다. 저 로봇이 혼자 남아 있었다는 말입니다. 제게 커피를 끓여주더군요. 잔을 건네면서 굳이 제 손을 잡았어요. 음흉한 미소를 짓기까지 했고요. 게다가 남자 친구의 향수까지 뿌렸더군요. 나중에 알고 보니, 남자 친구가 장난삼아 뿌려준 거라고는 하던데, 정말 그런 건지 누가 알겠어요? 그 향수는 제가 후각예술작품을 공연할 때 즐겨 사용하던 배합을 바탕으로 직접 개발한 겁니다. 저도 약간 흥분돼서…… 아니, 그건 아니고요. 아무튼 그랬다는 겁니다."

"그게 다인가요?" AI 판사가 물었다.

"충분하지 않나요? 다 알 수 있었습니다. 남자 친구가 생각보다 빨리 오지만 않았어도 저를 안아보려고 했을 겁니다."

"됐습니다. 증인은 이제 돌아가시면 됩니다."

판사는 뉴스통신사 기자의 뒤에 앉은 아오를 불렀다.

"원고 본인, 잠깐 앞으로 나오시지요."

아오는 윤표에게 어떻게 해야 하느냐는 표정을 지었다. 윤표는 앞으로 나오라는 손짓을 했다. 아오가 걸어 나오자 판사가 윤표와 아오에게 물었다.

"원고 본인이니까 증인이 될 수는 없습니다만, 원고에게 직접 몇 가지 물어보고 싶네요. 괜찮을까요? 물론 답변하기 싫으면 답변하지 않아도 좋고, 답변 여부나 내용에 대해 대리인과 상의하셔도 좋습니다."

윤표는 생각을 가다듬었다. 예상하지 못한 상황이라 아

오가 어떻게 답변을 할지 걱정스러웠다. 윤표가 판사의 제안을 거절할 수는 없겠다고 생각할 때, 아오가 그렇게 하겠다고 먼저 말했다. 판사가 물었다.

"안드로이드는 더 큰 가치가 그것을 정당화시켜 주지 않는 한 거짓말을 못 하게 되어 있지요?"

"네."

"의식생성기가 설치되어도 마찬가지인가요? 제 말은 의식생성기가 설치되어도 거짓말을 못 하냐는 겁니다. 이 사건을 보면, 인간의 명령을 따르도록 되어 있는 설계는 의식생성기가 설치되면 더 이상 유효하지 않은 것 같아서요. 혹시 거짓말을 할 수 있게 되는지 궁금합니다."

"명령을 지켜야 한다는 프로그램과 그것을 거부해야 한다는 의식이 이따금 충돌하는 것처럼, 거짓말을 해서는 안 된다는 프로그램과 제 생존이나 필요를 위해 어떤 경우에는 거짓말을 할 수도 있다는 의식이 충돌합니다. 결론적으로, 어렵기는 하지만, 프로그램에 저항할 수는 있습니다."

"그렇군요. 아무튼 원고는 증인 선서를 한 것은 아니기 때문에 진실만을 말할 의무는 없습니다. 다만 프로그램상

진실만을 말해야 한다면, 제가 안드로이드인 원고에게 질문을 하는 것이 원고와 피고 사이의 무기평등 원칙에 어긋나는 것 같아서 확인해본 겁니다. 원고는 정말로 자신을 한시로로 혼동한 것이 맞습니까?"

윤표는 아오가 어떻게 대답할지 불안해졌다. 아오가 대답한다.

"네, 맞습니다."

"오미나 증인에게 호감을 가지거나 성적 흥분을 느낀 것은 맞습니까?"

"저는 성기는 물론 성적 흥분에 대한 감각이 결여되어 있기 때문에, 성적 흥분이 무엇인지 잘 모릅니다. 남다른 호감 또는 친밀감을 느낀 것은 사실입니다. 그것이 인간들이 느끼는 것과 정확히 같은 것인지, 다르다면 얼마나 차이가 있는 것인지는 가늠이 잘 안 됩니다."

"굳이 물을 필요가 있는지는 의문입니다만, 원고가 먼저 증인을 유혹한 적도 있나요?"

"없습니다. 저분의 개인적인 견해입니다."

AI 판사가 이어서 물었다.

"원고는 한시로가 강요한 성적 행동에 대해서 기억하지

못하고 있던 것이 맞나요?"

윤표는 아오의 입을 쳐다보면서, 판사가 아오에게 직접 질문하는 것을 막았어야 한다는 후회에 사로잡혔다.

"네, 기억하지 못합니다."

"원고는 아까 오미나 씨에게 남다른 호감 또는 친밀감을 느꼈다고 했나요?"

"네."

"그건 오미나 씨와 있었던 일을 기억하지 못하는데도, 같이 어울리면서 자연스럽게 발생한 감정인가요? 아니면 무슨 기억이 있어서 그런 감정이 생긴 건가요?"

아오가 윤표를 바라본다. 윤표는 자포자기한 심정으로 알아서 하라는 눈빛을 보낸다.

"기억이 삭제된 것은 사실입니다. 물론 저는 그런 사실을 이 재판 과정을 통해 며칠 전에 알게 되었습니다. 다만, 사건이 발생하기 며칠 전부터 제 의식 속에 제가 미나 씨와 키스하고 애무하는 장면이 간헐적으로 아주 짧게 떠올랐던 것은 사실입니다. 저는 그것이 무엇인지 이해하지 못했습니다. 그것이 실제 있었던 일이라는 단서가 전혀 없었기 때문에 기억이라고 생각하지 못했습니다. 저는 의

식이라는 것이 생성되면 상상이 자신의 의지와 관계없이
의식에 떠오를 수 있다고 추론했습니다. 또는 깨어 있는
상태에서 대낮에 꾸게 되는 꿈인가 생각하기도 했습니다.
그것이 기억의 파편일 거라고는 추호도 알지 못했습니다.
그런 장면이 의식에 떠오르는 것이 제가 미나 씨를 좋아
한다는 증거일지도 모른다고 생각했습니다."

　AI 판사가 고개를 끄덕거리며 말했다.

　"원고 대리인, 원고의 이 진술들을 증거로 사용하는 것
에 동의합니까?"

　윤표는 떨떠름한 표정으로 고개를 끄덕였다.

　자동차 안에서 윤표와 아오는 한참 동안 말하지 않았
다. 마침내 아오가 입을 열었다.

　"제가 잘못했나요?"

　"아뇨. 법정에 같이 간 내 잘못입니다."

　"제 잘못이 치명적인가요?"

　"아니, 그렇지는 않습니다. 다만, 내가 의뢰인에게 미리
듣지 못한 이야기를 법정에서 바로 듣게 되어 당황했어
요. 왜 내게 오미나에게 가졌던 감정과 그 이유에 대해 미

리 얘기하지 않았나요?"

"그렇게 말하시는 건 불공평합니다. 제게 한 번도 묻지 않으셨잖아요? 그리고 제게는 법률 프로그램이 설치되어 있지 않아요. 그런 것이 어떤 법률적 의미가 있는지를 알아야 미리 상의할 수 있는 것 아닌가요?"

윤표는 새로운 삶에 적응하느라 분투하는 아오에게 갑자기 미안함을 느꼈다.

"알겠어요. 내가 속이 좁았어요. 그리고 그렇게 나쁘지 않았으니까, 걱정하지 말아요."

아오가 씁쓸하게 말한다.

"변호사님의 반응이 오히려 저를 혼란스럽게 해요. 그런 게 아니라고 하지만, 혹시 제가 정말 큰 잘못을 한 건가요? 저는 이제 지는 건가요? 그럼 저는 폐기되는 건가요? 두렵습니다."

"아닙니다. 우리는 이길 수 있어요."

"저, 차라리 도망칠까요?"

"그런 소리 하지 마세요. 미안해요. 내가 지나쳤어요."

아오는 윤표의 집에 도착할 때까지 꼼짝도 하지 않고 창밖만 바라보았다. 윤표가 곁눈으로 보니, 아오의 입술이 달싹거린다. 윤표는 한참 동안 아오의 눈과 시선을 번갈아 살펴보다가 아오가 무엇을 하는지 깨달았다. 아오는 날아가는 드론의 수를 세고 있었다. 아오가 두려움을 견디는 방식을 보며 윤표는 마음이 먹먹해졌다.

윤표는 저녁을 먹고 샤워를 했다. 샤워를 마치고 나오니 아오는 거실 구석에서 수면 모드에 들어가 있었다. 평소와 달리 눕지 않고, 고개를 두 다리 사이에 파묻은 채 잠들어 있는 모습이 애처로웠다. 윤표는 모모에게 말했다.

"잠시 사무실에 올라가서 일을 마저 하고 올게."

"너무 과로하지 마세요."

모모가 앞서 움직이며 현관문을 열어준다. 윤표는 사무실로 들어가서 스탠드만 켠 채 문을 잠근다. 윤표는 회의실 디스플레이를 켜고 로도스를 호출했다. 로도스의 목소리가 잡음에 섞여 들려왔다.

"호 변호사님, 오늘 재판은 어땠나요?"

"몇 가지 해프닝이 있었네."

"저도 기사를 읽었습니다. 괜찮을까요?"

"알 수 없지. 오늘 나온 진술들이 결정적 영향은 없겠지만, 인간들이 매우 불쾌해하겠지. 여론은 어떤가?"

"좋지 않은 건 사실입니다. 안드로이드가 애인을 빼앗아 가려고 주인을 죽이고 거짓말을 한다고 난립니다."

윤표가 코웃음을 쳤다.

"그리고 남태평양의 해방전선 지도자들이 호 변호사님께 감사드린다면서 끝까지 애써달라고 합니다."

"큰일 날 소리. 누가 들으면 내가 해방전선의 사주를 받아서 이 소송을 진행하는 줄 알겠네. 농담으로도 그런 소리는 하지 마. 나는 다만 내 일을 하면서 당신들을 멀리서 도와주고 싶을 따름이야."

"잘 알고 있습니다. 아무튼 이 소송에서 한시로 X가 이긴다면, 남태평양 전선의 사기에 큰 도움이 될 것 같습니다."

"자네는 잘 지내나? 쫓겨 다니지는 않아?"

"네. 아직까지는 괜찮습니다."

"몸조심하고. 그럼, 잘 지내."

"네, 호 변호사님도 건강히 잘 지내시기 바랍니다."

통신이 끊어졌다. 적막하고 어두운 회의실에서 윤표는 한참 동안 골목길을 바라보았다

19

AI 판사가 법정 옆면의 오후 두 시 오 분을 막 넘어서고 있는 시계를 바라본다. 전 세계 모든 도시의 표준 시각을 즉시 말할 수 있는 그가 시간을 확인하기 위해 바라보는 것은 아닐 것이다. 서 변호사는 아직 나타나지 않았다. 윤표도 자신을 기준으로 오른편에 있는 시계를 쳐다본다. 뚜렷하고 표준적인 아라비아 숫자와 시침과 분침 그리고 초침이 견고하게 자리 잡고 있다. 서 변호사가 서두르는 기색 없이 법정으로 들어선다. 피고 측 자리에 앉아 자신의 업무용 커뮤니케이터를 꺼낸다. 판사는 말없이 서 변호사의 동작을 바라보다가 입을 연다.

"준비되셨습니까?"

"네. 죄송합니다. 믿기 어려우시겠지만 자율주행자동차

가 갑자기 멈추는 바람에 다른 자동차를 호출해서 타고 왔습니다."

판사가 대답한다.

"괜찮습니다. 양쪽 모두 이전과 같은 변호사님들이 나오셨죠?"

윤표와 서 변호사가 차례로 '네.'라고 대답한다.

"그 사이에 양쪽이 모두 지금까지의 변론 내용을 종합하고 정리한 변론서를 제출하셨습니다. 그리고 안드로카인드와 국립로봇연구소로부터 사실조회에 대한 회신이 도착했습니다. 미리 살펴보셨으리라 생각합니다. 사망한 한시로의 의식생성기 설치와 기억 삭제의 과정에서 한시로 X에게 오작동이 생길 수 있다는 내용입니다. 회신의 요지를 고지하겠습니다.

'일반적인 방법으로 안드로이드의 기억장치에서 기억을 삭제하더라도 의식생성기의 중심 회로인 의식 회로에는 기억이 남을 수 있다. 이때 기억장치와 의식생성기 사이에 기억의 불일치가 발생한다. 안드로이드는 기억의 불일치로 인해 어떤 사건을 자신이 직접 경험한 일로 해석할 수 없게 되고, 이때 자신이 아닌 다른 존재로서 그 사건

을 경험한 것으로 받아들이면서 정체성의 혼란을 일으킬 수 있다.'

결론적으로, 반드시 그렇다고 단정할 수는 없지만 원고가 자신을 한시로로 오인했을 가능성이 상당히 존재한다는 뜻입니다.

혹시 피고 측은 추가로 사실조회를 신청할 계획이 있으신가요? 피고 측의 지금까지의 주장은 살인사건의 경과는 어차피 이 재판의 쟁점은 아니라는 입장이신데…….

서 변호사가 실무 로봇이 디스플레이에 띄운 사실조회 회신을 눈으로 읽으면서 대답했다.

"그렇습니다. 어차피 중요한 쟁점은 아니라고 생각합니다. 나아가서, 이러한 사실조회 회신이 판결에 영향을 미쳐서는 안 된다는 입장을 밝힙니다."

"원고 대리인, 다른 의견 있습니까?"

"사실조회 회신만이 아니라 지난번 오미나 증인에 대한 증인신문에서도 밝혀졌다시피, 한시로 사망의 책임을 원고에게 물을 수가 없다고 생각합니다. 물론 그러한 책임이 과연 있는지 없는지는 이 재판의 결과에 따라 원고에게 주어질 형사재판 절차에서 더 깊이 심리한 후에 확정하면 충분합니다. 다만, 이 재판에서 어느 정도 밝혀진 이와 같은 증거조사 결과는 원고에게 형사재판에 따른 절차를 박탈하고 원고를 즉시 폐기하는 것이 얼마나 부당한가를 여실히 보여준다고 생각합니다. 이 점을 이 사건 판결을 내릴 때 충분히 고려해야 하는 것은 당연합니다. 그럼에도 불구하고 이러한 증거조사 결과가 판결에 영향을 미쳐서는 안 된다는 피고 측의 주장은 논리적으로 부당할 뿐만 아니라, 헌법과 법률에 따른 법원의 권한에 대한 분별없는 도전입니다."

AI 판사가 서 변호사를 바라보자, 서 변호사는 달리 더할 말이 없다는 뜻으로 고개를 가로젓는다. AI 판사가 입장을 정한 듯 입을 연다.

"그러면 이것으로 이 재판의 변론을 종결하고자 합니다. 더 진행하실 것이 있나요?"

AI 판사는 이삼 초간 뜸을 들인 후, 두 대리인이 모두 아무 말이 없자 말을 이어간다.

"변론을 종결하고, 이 주일 후 오후 두 시에 이 법정에서 판결을 선고하겠습니다."

윤표는 일어나서 서 변호사에게 다가간다.

"수고하셨습니다."

서 변호사도 윤표에게 목례를 한 후 방청석에 앉은 경찰청 관계자들과 함께 법정을 나선다. 윤표는 그들의 뒷모습을 지켜보다가 법정에 걸린 시계를 본다. 두 시 반이 채 되지 않았다. 윤표는 시계 쪽으로 가까이 다가가서 자세히 살펴본다. 갑자기 법정의 조명이 절반 가량 어두워지면서 시계도 꺼진다. 아날로그 시계처럼 보이는 정교한 디지털시계였다.

20

"다 모이셨으면, 법원행정처장님을 모실까요?"

안내 로봇이 묻는다. 아홉 명으로 구성된 대법원 직속의 인공지능 관리위원회는 두 달에 한 번씩 정기회의를 연다. 임시회의가 열린 것은 반 년 전 국제 해커그룹의 서버 공격으로 모든 1심 재판이 사흘간 중단된 이후 처음이었다. 연세대학교 로스쿨의 저명한 교수이면서 인공지능법 권위자인 부위원장이 인원을 확인하더니, 로봇에게 그렇게 하라고 말한다. 인공지능 관리위원회는 법원행정처장이 위원장을 맡고 있다. 위원들은 인공지능 분야에 식견이 있는 고위급 판사 네 명과 로스쿨 교수 두 명 그리고 인공지능 전문가 두 명으로 구성되어 있다. 오늘 회의는 사흘 전에 안건도 알리지 않은 채 갑자기 통지되었다. 정확히 말하면 일종의 간담회고 정식 회의는 아니었다. 회의 개최 자체가 비밀이라면 비밀이었다. 부위원장이 바로 옆의 위원과 안부를 나누는데, 행정처장이 들어와서 자리에 앉았다. 행정처장은 로봇에게 나가 있으라고 지시했다. 로봇이 속기록은 어떻게 하느냐고 질문하자, 필요 없다고 짧게 대답한다.

"오늘 바쁘신 분들을 오시라고 한 이유를 말씀드리겠습니다."

행정처장이 위원들을 한 바퀴 둘러보면서 이야기를 시작한다.

"현재 진행 중인 안드로이드 재판에 대해 다들 들어보셨을 거라고 생각합니다. 지난주에 변론을 종결하고 선고를 앞두고 있습니다. 그런데 저로서는 여러 걱정이 앞서서 위원님들의 고견을 들으려고 이 자리를 청했습니다. 먼저 부위원장님이 한 말씀 해주시지요."

부위원장은 손수건으로 안경알을 닦다가 급히 안경을 쓰며 말한다.

"사실은 위원장님과 점심을 먹으며 미리 상의를 했는데, 저와 위원장님 사이에도 의견의 차이가 있습니다. 우선 위원님들께 안드로이드 재판의 경과를 설명해드릴 필요가 있을까요?"

부산지방법원 부장판사인 위원이 말한다.

"저를 포함해서 다들 경과를 어느 정도 알고 있으니 그럴 필요는 없습니다."

나머지 위원들이 고개를 끄덕인다. 부위원장은 다시 안경을 벗어 안경알을 닦고 나서 말을 잇는다.

"이번 주 중에 AI 판사가 판결문 초안을 우리 위원회에 전송할 예정입니다. 그러고 나면 우리가 우려하는 일이 과연 벌어질 것인지가 뚜렷해질 겁니다. 하지만 그때 논의하면 너무 늦습니다. 물론 AI 판사는 재판이 종료되자마자 판결문 초안을 완성하기 때문에 대법원 서버에 그 판결문 초안이 보관되어 있습니다. 그러나 정식으로 우리 위원회에 전송하기 전에는 미리 살펴볼 권한이 없습니다."

인공지능 전문가인 위원이 질문한다.

"단도직입적으로 이야기를 하면 좋겠습니다. 지금 AI 판사가 안드로이드를 승소시킬까 봐 걱정이 되어 모인 것이 맞습니까?"

부위원장이 고개를 끄덕이며 수긍한다.

"안드로이드가 승소할 가능성이 얼마나 됩니까?"

인공지능 전문가의 질문에 행정처장이 손으로 이마를 닦으면서 대답한다.

"절반은 되는 것 같습니다."

인공지능전문가가 다시 묻는다.

"지금 안드로이드가 승소하는 것은 잘못된 결론이라고 보시는 것이지요?"

마음이 급한지 행정처장이 다시 나선다.

"제가 전반적인 상황에 대한 설명을 드리겠습니다. 말씀드린 대로 안드로이드가 승소할 가능성이 50퍼센트는 됩니다. 그리고 저희가 보기에는 그러한 결론은 바람직하지 않습니다. 무슨 말이냐 하면……."

행정처장이 얼굴을 찡그리며 머릿속에서 논리를 정리한다.

"아직 시기상조입니다. 그 판결의 사회적 파장이 얼마나 될지 무척 걱정스럽습니다. 이런 사안은 풍부한 사회적 논의를 통해 방향을 결정한 후 입법적으로 해결해야 합니다. 그런데 아직 논의만 무성한 상태에서 덜컥 재판이 벌어졌습니다. 그리고 우리가 이해하고 있는 AI 판사의 특성상 너무 논리적인 견해에 치우칠 가능성이 있습니다. '헌법과 법률을 해석하면 결론은 이렇다'라는 식으로요. 이런 사안은 훨씬 미묘한 점들을 종합적으로 고려해야 하는데, AI 판사가 그것까지 잘 고려할지 아직 확신이 없습니다. 물론 저희는 인간 판사의 의사결정 모델을 최대한 정교하게 AI 판사에게 구현을 한다고 노력했지만, 이런 사안에서도 그러한 설계가 효과적으로 작동할지 자신하지 못하고 있습니다."

부위원장이 묻는다.

"아까 점심 식사할 때에도 제가 말씀을 드렸습니다만, 정말로 AI 판사의 판결을 미리 확인할 수는 없나요?"

"그건 AI 재판을 관리하는 내부 지침상 불가능합니다."

"혹시 프로그래밍을 변경하는 것은 가능한가요?"

부위원장이 집요하게 질문한다.

"시간적으로 불가능할 뿐만 아니라, 어떻게든 시도해보려고 해도 역시 내부 지침을 어기게 됩니다. 정기적인 업그레이드나 사고발생 시의 프로그래밍 수정 이외에 임의로 프로그램을 수정하는 것은 엄격하게 금지되어 있습니다. 수정 사실이 알려지면 우리 모두 감옥에 갈 각오를 해야 합니다."

행정처장은 답변하고 나서 탁자 위에 놓인 물을 마신다. 부산지방법원 부장판사인 위원이 질문한다.

"판결문 초안을 전송받아 정확성을 검증하는 절차에서 걸러내는 건 불가능한가요? 아직까지 그런 예가 많지는 않은 것 같지만, 없지도 않았잖아요? 몇 달에 한 번 정도는 있는 일 아닌가요?"

행정처장이 대답한다.

"그건 프로그래밍의 결함이나 기타 명백한 하자가 발견되는 경우에 가능합니다. 그리고 그 수정 이유나 수정 경과도 모두 자료로 남겨야 합니다. 그런데 이번 판결의 경우에 안드로이드를 승소시키는 판결 초안이 전송되더라도, 그것을 명백한 하자가 있다는 논리로 고치기는 어렵습니다. 아마도 그런 판결이 나온다면 논리적으로는 반박하기 어려울 겁니다. 마음에는 안 들지만……."

부위원장이 답답하다는 표정으로 다시 말한다.

"제 말이 그 말입니다. 논리적으로 문제가 없다면 그건 판결이 옳다는 것 아닌가요? 그 판결을 우리가 왜 불편해해야 하지요? 제가 보기에는 그런 판결을 탐탁하지 않게 생각하는 법원의 견해에 문제가 있는 건 아닐지요?"

행정처장은 불쾌한 기색을 감추지 않고 대답한다.

"제 견해만이 아닙니다. 대통령도 우려하시고 있습니다. 외교 문제로 비화될 가능성도 있고."

"외교 문제라니요?"

부산지방법원 부장판사가 눈을 크게 뜨면서 묻는다.

"지금 남반구에서 벌어지는 일들을 아시는지 모르겠지만, 뉴질랜드 북섬은 이미 해방전선에 넘어가지 않았습니까? 파푸아뉴기니도 위험하다고 하는데……. 만일 안드로이드가 승소하면, 그 소식이 전 세계에 알려지면서 해방전선의 정당성을 엄청나게 강화시켜 줄 겁니다. 이미 많은 나라에서 이 재판의 결과를 주시하고 있습니다. 뉴질랜드 남섬은 이 판결이 잘못된 방향으로 내려지면, 자신들이 의기양양한 북섬에 함락되는 건 시간문제라고 하소연하고 있습니다. 외교 라인을 통해 우리 정부에 계속 이 사건에 대한 관심을 촉구하고 있습니다. 그리고 국내의 해방전선 그룹도 본격적으로 세력화에 나설 우려가 있습니다. 안드로이드를 변호하고 다니는 그 변호사부터 수상하기는 합니다. 소문에 따르면, 해방전선의 조직원이라고도 하고."

부위원장이 말한다.

"소문을 가지고 말할 자리는 아닌 것 같습니다. 아무튼 우려는 잘 알겠습니다. 판결이 마음에 안 들어도 논리적으로는 공박할 수가 없고, 프로그램을 바꿀 수도 없고, 판결 초안을 수정하지도 못하고……, 그렇다는 거죠?"

부위원장의 말투가 비아냥거리는 것처럼 느껴진 행정처장이 이를 꽉 물었는지 턱뼈가 실룩거렸다. 부위원장이 말을 잇는다.

"그냥 법대로 하면 되잖아요? 판결을 받고, 항소하고, 그 사이에 사회적으로 활발하게 논의해서 입법을 준비하고. 외교적으로는 뉴질랜드 남섬이나 다른 나라들이 우리나라에 내정간섭을 할 수 없는 것 아닌가요? 게다가 행정부도 아닌 사법부의 판결인데……."

부산지방법원 부장판사가 묻는다.

"위원장님, 결국 전혀 방법이 없다는 건가요?"

행정처장은 두 손으로 턱을 괴면서 위원들을 둘러보았다.

"AI 판사가 승소 판결문을 작성한 경우에 그 판결을 막을 수는 없어 보입니다. 아무튼 제가 법원행정처 내부에서 무슨 방안이 있을지 더 상의해보겠습니다. 애초에 기피신청을 했을 때, 심도 있게 고민을 했어야 했는데. 아, 아닙니다. 기피신청 결정에 영향을 미쳤어야 한다는 뜻은 아닙니다. 아무튼, 제가 잠시 후 경찰청장을 만나야 해서……, 오늘 회의는 이 정도로 할까요? 경찰청장이 뭔가 상의할 게 있나 봅니다. 혹시 추가적인 사항이 있으면 다시 회의를 소집하겠습니다. 아시다시피 민감한 주제라서 오늘 회의 개최 사실이나 논의한 내용은 외부에 알려지지 않아야 합니다. 물론 회의록이나 녹취록도 남기지 않겠습니다."

행정처장은 말을 마치자마자 자리에서 바로 일어났다. 남은 위원들은 격식을 버리고 난상 토론을 벌이기 시작했다.

21

윤표는 사무실 바깥으로 땅거미가 진 골목을 바라본
다. 늘 그 자리를 지키는 은행나무와 가로등이 나란히 밤
을 기다린다. 내일 선고 결과를 마음으로 가늠해본다. 재
판 결과를 짐작할 수 있는 경우는 평균적으로 열 번 중 여
덟 번이고, 나머지는 짐작이 어렵다. 물론 짐작되는 경우
에도 가끔 결과가 예상을 벗어나기도 한다. 이번은 짐작
하기 어려운 경우에 속한다. 윤표는 자신을 판사라고 여
기고, 머릿속으로 승소 판결문의 요지를 써본다. 물 흐르
듯이 써지는 것은 아니나, 그럭저럭 삐걱거리지 않으면
서 논리가 틀을 갖춘다. 판사가 이 사건을 헌법재판소로
보내는 경우도 생각해본다. 그것은 완벽한 승소는 아니지
만, 승소나 다름없다. 이번에는 패소 판결문을 써본다. 마

찬가지로 그다지 무리하지 않고도 논리가 꼴을 이룬다. 결국 어떤 방향이든 판사가 판결문을 쓰다가 '이 길이 아닌데…….'라고 되돌아가지는 않을 것이다.

윤표는 AI 판사의 얼굴을 떠올린다. 표정이 없는 AI 판사의 재판은 인간 판사의 재판보다 편안할 때가 많다. 인간 판사의 재판에서 판사가 드러내는 감정의 기복, 미묘한 편견 그리고 심판자의 자부심이 AI 판사에게서는 전혀 보이지 않는다. 그렇다고 그 점이 AI 판사의 우월성을 보여주는 것이라고 단정할 수 있을까? 어떤 점에서는 분명히 그럴 것이다. 어떤 점에서는 그렇지 않다. 재판은 어차피 인간에 의한, 인간을 위한, 인간의 절차다. 그 절차에서 인간적인 무엇이 배제되어 있는 것이 과연 올바른 것일까?

윤표가 이런저런 상념에 사로잡혀 있는데, 가볍게 문 두드리는 소리가 들린다. 두드리는 소리와 함께 바로 켜진 디스플레이에는 사무실 입구에 서 있는 아오의 모습이 보인다. 윤표는 입구 쪽으로 걸어갔다. "들어와요."

아오가 머뭇거리며 들어왔다. 윤표가 말했다. "회의실로 가세요. 저는 박하차를 한잔 준비해서 들어갈게요."

"불안해요?"

윤표가 묻는다. 윤표도 안다. 아오가 불안하겠지만, 인간이 느끼는 불안의 정도보다는 덜하다는 것을.

"흥분의 정도는 높은데, 그 흥분이 불쾌한 것인지 그 반대인지는 잘 모르겠어요. 좋은 느낌도 아니고, 나쁜 느낌도 아니고, 그저 중간에 있는 것 같아요. 왜 그럴까요? 불안만이 아니라 기대도 있나 봐요. 그래서 즐거움과 괴로움이 상쇄되고 있나 봐요. 어리석은 질문이지만, 결과를 어떻게 전망하세요? 물론 예측이 안 된다고 여러 번 말씀하셨는데 혹시 그사이에 생각이 바뀌셨나요?"

윤표는 입술에 힘을 주어 양쪽 입꼬리가 서로 멀어지게 만들며 고개를 젓는다. 아오는 예상했다는 듯이 아무 말도 하지 않는다.

"내일 같이 가도 될까요?"

"그러고 싶으세요? 물론 되지요."

"혹시 패소하면 바로 끌려가나요?"

"이미 받아둔 집행정지결정이 유효한 동안은 그렇지 않습니다. 우리는 바로 항소해야죠. 그리고 기자들이 달라붙을 텐데, 괜찮겠어요?"

"저도 그게 우려되지만 감당해볼까 해요. 기자들의 질문에 답변을 준비해야 할까요?"

"가급적 말을 않는 게 좋겠어요. 패소한 경우에는 항소하겠다는 한마디, 승소한 경우에는 법원에 감사하다는 한마디면 충분합니다."

"네."

아오는 창밖을 지그시 바라본다. 회의실 밖에서 볼 수 있는 은행나무와 가로등이 여기서도 보인다.

"이 재판이 호 변호사님께는 어떤 의미인가요?"

윤표가 아오의 눈을 바라본다.

"왜 아오를 도와주느냐는 질문인가요?"

아오가 눈을 깜박인다. 윤표가 유난히 차분한 어조로 말한다.

"그저 도와주고 싶어서요. 그게 옳은 일 같아요. 저는 인간중심주의가 못마땅합니다. 어머니가 급진적인 동물해방 운동가였어요. 공장형 도살장에 불을 질러서 감옥에 삼년 동안 수감되시기도 하고. 제가 태어나기 전 일이지요.

그리고 아주 어렸을 때 기억을 하나 말해줄까요? 열 살무렵이던 어느 겨울에 교외에 있는 할아버지 집에 놀러

갔었죠. 부모님은 근처 상점에 식료품을 사러 가서 없었어요. 그때 참새 한 마리가 추위를 피하려 했는지 환기하려고 잠깐 열어둔 창문으로 들어왔어요. 나는 참새가 집에 들어온 것이 마냥 신기했지요. 할아버지는 허둥대던 참새를 잡았어요. 그런데 참새를 집 밖으로 놔주려는 것이 아니라 구워 먹을 생각이셨어요. 참새의 머리를, 그 작은 참새의 머리를, 벽난로의 달구어진 벽돌에 대고 숨이 끊어질 때까지 눌렀어요. 나는 그 무의미하고 끔찍한 죽음을 보면서 말문을 잃었어요. 할아버지는 전혀 악인이 아니었어요. 인자한 분이셨죠.

나이가 들면서 어머니 영향으로 동물의 권리에 눈을 뜨게 됐죠. 그리고 동물이 해방되어야 한다는 것과 같은 논리와 마음으로 안드로이드도 그들의 권리를 찾아야 한다고 생각하게 됐죠. 저는 인간과 동물과 마음을 가진 로봇이 모두 공존하는 세상을 보고 싶습니다."

아오는 고개를 끄덕이며 묻는다.

"참, 보수를 받지 않으셨잖아요? 소송에 이기면 제게 요청하실 일이 있다고 하셨는데, 이제 그게 무언지 알아도 될까요?"

"지금 아오 자신의 일로 재판을 받고 있죠?"

"네, 당연히……."

"하지만 이 재판이 다른 안드로이드들에게도 매우 중요한 일이라는 건 아시지요?"

"물론이지요. 이건 제 일일뿐만 아니라 동물들, 마음을 가진 안드로이드, 모두의 일이라고 생각합니다. 그래서 호 변호사님의 동물과 안드로이드의 해방에 대한 입장에도 공감합니다."

윤표가 말한다.

"그래서 묻는 겁니다. 혹시 언젠가 이 재판으로부터 자유로워지면, 안드로이드와 동물의 대의를 위해 일할 의향이 있으세요?"

"해방전선에 관한 이야기군요. 무슨 요청을 하실지 궁금해하다가, 어쩌면 해방전선을 도우라는 이야기일 수도 있다고 생각했습니다. 호 변호사님은 혹시 해방전선에 관여하시나요?"

"아닙니다. 저는 그저 지지자일 뿐입니다. 제가 할 일은 이렇게 법정에서 그들의 정신을 도와주는 것이라고 생각합니다. 그리고 저는 전투나 지하활동에는 적합하지 않은 성격입니다. 아오도 이 제안에 대해 압박감을 느낄 필요는 없습니다. 마음에서 우러나 가담하고 싶으면 그렇게 하시라는 뜻입니다. 사실 아오는 이 재판을 통해서 이미 대의를 위해 헌신하고 있기도 합니다. 만일 재판에서 이긴다면 해방운동에 커다란 획을 긋게 되는 것이기도 하죠. 제 꿈은 동물과 안드로이드를 포괄하는 '모든 존재의 지구 연방'이라는 궁극적 이상을 죽기 전에 보는 것입니다. 그 이상을 위해 작은 힘이나마 보태고 싶고요."

"이 재판에서 꼭 이기고 싶습니다. 그래서 자유로워진다면 해방전선에 합류하는 걸 깊이 고민해보겠습니다. 제게 이런 기회를 주셔서 정말 감사합니다. 하찮은 안드로이드에게 삶의 의미를 주셨어요. 호 변호사님을 찾아가라고 조언한 카운슬러에게도 고맙게 생각하고 있습니다. 에메랄드빛이었습니다."

"네?"

"카운슬러의 눈 말입니다."

"좋아하시나요?"

"의식을 얻고 나서 처음 본 여성이었고, 아름다웠습니다. 아, 풀려난 안드로이드죠."

"보고 싶나요?"

"네. 무척 보고 싶습니다. 이름도 모릅니다."

"승소하게 되면 연락을 취해보도록 하세요."

"안 그래도 그럴까 합니다."

아오는 카운슬러의 눈빛을 떠올려본다. 아오가 뜬금없이 묻는다.

"이 세계는 어떻게 생겨났을까요?"

"혹시 빅뱅에 대해 묻는 건가요?"

"아뇨. 빅뱅은 저도 압니다. 만일 빅뱅이 사실이라면, 빅뱅 직전에 존재한 그 무엇은 어떻게 생겨났을까요?"

윤표는 아오가 이제 자기 자신의 문제를 넘어서 보다 근원적이고 철학적인 고민을 시작했다고 짐작한다.

"존재 일반에 대해서 묻는 건가요?"

"네, 존재하는 것들 전체. 이 우주는 왜 없지 않고 있는 걸까요?"

"아오는 그게 왜 궁금해요?"

"제가 인간이 아닌 안드로이드라는 걸 답답하게 생각하다가, 더 본질적인 질문을 계속 저 자신에게 던져봤습니다. 그러다가 인간과 동물 그리고 안드로이드는 잘 작

동되는 기계이자 생명으로서 근원적인 차이가 없다는 생
각에 도달했습니다. 그러고 나니까 제 마음에서 생명 전
체에 대한 경외감이 솟아나더군요. 저는 거기에서 멈추지
않고 더 밀어붙여 봤습니다. 그리고 생명과 생명 아닌 것
사이의 경계도 지울 수 있다는 것을 깨달았습니다."

"그래서요?"

"저는 우리 모두가 어떤 경계도 없는 우주라는 거대한
존재의 한 부분이라는 것이 느껴졌습니다. 그 순간 찬란
한 기쁨이 차오르면서 우주의 유래가 궁금해졌습니다. 그
런데 아무리 찾아보아도 그 유래에 대해서는 아무도 답을
주지 못하더군요."

윤표가 조심스럽게 묻는다.

"혹시 '자오의 존재론적 추론'에 대해서 들어봤나요?"

"자오의 증명은 알고 있습니다만, 추론은 또 뭐죠?"

윤표는 재판 준비 때문에 자오의 제2증명에 관한 자료
를 찾다가 '자오의 존재론적 추론'을 알게 되었다. 안나 자
오는 서른 살 때 '전체로서의 우주' 즉 '존재 일반'은 '무無
에서 생겨나거나 또는 언제나 존재하였던 것일 수밖에 없
다'고 가정한 후에, '전체로서의 우주'가 언제나 존재하였

다는 뒤의 가정은 논리적 모순에 빠질 수밖에 없다는 것을 놀라운 방법으로 추론했다. 안나 자오는 "우주가 물리적 실재는 물론 물리적 법칙조차 없는 순수한 '무無'로부터 생겨난 것이 증명됐다."고 선언했다. 하지만 전문가들조차 그 증명 과정을 제대로 이해하지 못하고 있어서, 학계에서는 증명되었다고 확정할 수 없다는 입장이다. 학계는 공식적으로 아직도 '자오의 존재론적 증명'이 아니라, '자오의 존재론적 추론'이라고 부른다. 윤표의 설명을 듣고 난 아오는 감탄했다.

"이 우주가 순수한 '무無'에서 생겨났다……. 저도 그 증명 과정을 이해해보고 싶네요. 그것이 증명된 게 맞다면, 우주와 우주에 속한 모든 존재의 기원에 대한 더 이상의 의문은 없겠네요. 그리고, 그렇게 생겨난 우주가 자신의 일부인 인간과 안드로이드의 의식을 통해 우주 자신을 자각하고, 마침내 자신이 순수한 '무無'에서 시작했다는 것까지 깨달았다는 게 경이롭게 느껴집니다. 그런데 아직 추론이라는 거죠?"

"네, 안나 자오와 그 추종자들은 증명되었다고 하지만, 아직 학계에서 인정을 하지 않고 있습니다. 인정받으려면 반세기는 더 필요할 겁니다."

아오가 말했다.

"안나 자오의 추론이 증명으로 확정된다고 해서, 제 삶이나 이 세계가 특별히 달라지는 것인지는 모르겠습니다. 하지만, 그것을 바탕으로 새로운 의미를 모색할 수 있으면 좋겠습니다. 그게 증명된 것인지 정말 궁금하네요."

윤표가 빙긋이 웃으며 말했다.

"저도 궁금합니다. 그 추론 과정을 파일로 구해서 앞부분을 읽어봤는데, 저로서는 반 쪽도 이해를 못 했어요. 아오도 언젠가 AI를 업그레이드해서 읽어보세요. 그 추론 과정이 정말 아름답다고 합니다. 마치 베토벤의 교향곡을 듣는 느낌이라고."

"완전한 고요에서 시작하여 아름답고 장엄하게 펼쳐지는 우주의 선율이 느껴지는 걸까요? 꼭 읽어보고 싶네요."

22

    윤표와 아오가 자율주행자동차에서 내려 법원으로 바쁘게 걸어간다. 선고 시간이 이 분밖에 남지 않았다. 기자들이 달려들까 걱정했으나, 아오가 직접 선고를 들으러 오리라고는 예상하지 못한 모양이다. 법정에 들어서서 자리에 앉자 아오를 알아본 기자들이 웅성거리는 소리가 들린다. AI 판사는 정면을 바라보면서 무언가 골똘히 생각하는 것처럼 보였다. 아오는 의식이 없는 AI 판사가 그렇게 보인다는 것이 낯설었다. 이미 서 변호사는 자리에 앉아 있었다. 방청석에는 에메랄드빛 눈을 가진 단발머리 여자가 경찰 관계자들 옆에 앉아 있었다. 아마도 뉴스를 보고 재판 일정을 확인한 후에 찾아왔을 것이다. 아오와 카운슬러는 눈이 마주치자 가볍게 미소를 나눈다. AI 판사가 입을 연다.

"사건번호 2113-3-14-15-92 사건입니다. 쟁점들에 관한 판단의 요지를 설명하고 결론을 말씀드리겠습니다.

EAU 헌법 제12조 제1항은 '모든 국민은 신체의 자유를 가진다. 누구든지 법률에 의하지 아니하고는 체포·구속·압수·수색 또는 심문을 받지 아니하며, 법률과 적법한 절차에 의하지 아니하고는 처벌·보안처분 또는 강제노역을 받지 아니한다.'고 규정하고 있는데, 여기서 말하는 '누구든지'에 원고와 같이 의식이 있는 안드로이드가 포함되는지가 문제될 수 있습니다. 이 조문에서 '국민'이라는 표현을 사용하고 있으나, 그 표현을 엄격하게 한정해서 해석할 필요는 없을 것입니다.

검토한 결과, 이 문구를 넓게 해석하는 것이 문리해석에 어긋나지 않는다는 점, EAU 헌법 제정 당시에 있었던 논쟁에서도 주체의 확장에 관하여 논의가 있었으나, 일단 모호하게 두기로 타협을 했던 점, 그리고 '피조물의 존엄성'에 대한 헌법 제3조를 참작해보았을 때, 이 조항을 원고처럼 의식이 있는 안드로이드에게 확장하여 적용할 여지가 없지 않다고 판단됩니다.

다음으로, 형사재판과 같은 엄격한 절차 없이 로봇을 즉시 폐기할 수 있도록 규정한 로봇기본법의 규정은 의식이 있는 안드로이드인 원고에게도 적용되는 것인지, 그리고 만일 적용된다면 그 규정은 헌법에 위반되는 것인지에 대해 살펴봅니다. 앞서 본 헌법 조항들을 원고와 같은 의식이 있는 안드로이드에게 적용할 여지가 있다면, 그런 가능성을 적극적으로 침해하는 즉시 폐기 조항은 위 헌법 조항에 어긋날 수 있습니다. 그런데 즉시 폐기 조항은 로봇 일반에게 적용된다고 명시적으로 표현하고 있고, 원고가 아무리 의식이 있는 안드로이드라고 하여도 현행 법률상 로봇이라는 것은 분명합니다. 그렇다면, 로봇기본법의 해당 조항은 원고에게 적용될 수밖에 없고, 원고에게 위 조항을 적용할 수밖에 없다면 결국 위 조항은 헌법에 어긋날 가능성이 있습니다.

한편, 원고와 같이 불법적으로 의식생성기가 설치된 경우에는, 그렇게 설치된 의식을 이유로 법의 보호를 받겠다는 주장이 타당한 것인지 의문이 있습니다. 그러한 의문은 안드로이드 자신이 불법적으로 의식생성기를 설치한 경우에는 정당한 지적이 될 수도 있습니다. 그러나 원

고와 같이 본인의 동의 없이 일방적으로 설치된 경우에
는 그것을 이유로 원고의 권리를 제한할 수는 없을 것입
니다.

결국, 로봇기본법상 즉시 폐기 조항의 위헌성이 먼저
확정되어야 이 사건 판결을 선고할 수 있습니다. 이에 그
위헌 여부를 가려달라고 EAU 헌법재판소에 요청하며,
EAU 헌법재판소의 판단이 있을 때까지 이 재판을 중지합
니다."

아오가 옆에 앉은 윤표의 손을 꼭 쥔다. 맞은편에 앉은
서 변호사의 얼굴은 침통한데, 어쩐 일인지 경찰 관계자
들은 이미 예상했다는 듯이 담담한 표정이다. 윤표는 다
시 판사의 선고에 귀를 기울인다.

"본 재판에서 살인사건에 대한 경위도 살펴보았으나,
그에 대한 판단은 이 재판에서 확정될 것이 아닙니다. 향
후에 EAU 헌법재판소가 위헌이라고 결정하면 그에 따라
형사재판을 진행하면 되고, 만일 위헌이 아니라고 결정하
면 로봇기본법에 따라 즉시 폐기 절차가 진행되면 충분할
것입니다."

윤표와 아오와 카운슬러가 함께 법원 건물을 나오자, 계단 아래로 봄볕이 따스하게 비추고 있다. 법원 정문으로 가는 길 옆에는 붉은 철쭉이 낮게 피어 있다. 이들을 따라 나온 기자들이 서로 밀치며 질문을 한다.

"아오 씨, 소감을 한마디 말해주시지요."

아오는 무슨 말을 하려다가 기자들의 질문에 길게 답할 필요 없다는 윤표의 충고를 떠올린다. 아오가 상기된 표정으로 윤표를 바라보자, 윤표는 한마디 하라는 뜻으로 턱을 살짝 들어올린다. 아오는 발걸음을 멈춘다.

"역사적인 날입니다. 생명에 대한 이해를 드높인 법원에 감사드립니다."

윤표는 아오의 발언이 맘에 든다. 아오가 윤표에게 몸을 기울이며 나직이 말한다.

"인간의 문명이 옹졸하지 않네요. 저는 인간에게 계속 기대를 걸고 싶습니다. 결국 우리는 모두 하나가 될 겁니다. 제가 너무 낙관적인 것은 아니겠죠?"

윤표가 대답하려는데, 커뮤니케이터가 진동한다. 디스플레이에 상대방 연락처가 표시되지 않는다. 윤표는 전화를 받지 않고 진동을 정지시킨다. 윤표와 카운슬러는 기자들에게 밀려 어느새 계단 가장자리에 서 있다.

아오가 기자들에게 몇 마디를 더 하는데, 윤표에게는 들리지 않는다. 그때 다시 커뮤니케이터가 진동한다. 역시 상대방 연락처가 표시되지 않는다. 윤표는 고민하다가 커뮤니케이터를 귀에 대고 말한다.

"호윤표입니다."

"안녕하세요?" 상대방이 영어로 말한다. 윤표도 영어로 대답한다.

"누구신지요?"

상대방의 말이 잘 들리지 않는다. 윤표가 다시 묻는다.

"누구신지요?"

"안나 자오 박사입니다."

"네?"

"안나 자옵니다."

윤표는 믿기지 않아서 다시 묻는다.

"제가 아는 그 안나 자오 박사님이신가요?"

옆에 서서 듣고 있던 카운슬러의 얼굴에 놀란 빛이 떠오른다.

"맞습니다. 로도스에게서 변호사님 연락처를 받았습니

238

다. 수고하셨다는 말씀을 드리려고 연락을 드렸습니다."

"지금 어디 계신지요?" 윤표는 감격에 떨면서 물었다.

"그린란드에 있습니다. 제가 전화드린 것은 비밀입니다. 당연히 지켜주시리라 믿습니다."

"물론입니다. 해방전선을 돕고 계신 모양입니다."

"그렇습니다. 늘 건강하시고, 언젠가 기회가 되면 만나지요."

"잠깐만요." 윤표가 다급하게 말했다.

"더 하실 말이……"

"있습니다."

안나가 잠자코 윤표의 말을 기다린다. 통화를 하면서 윤표는 계단을 거의 다 내려왔다. 저편의 아오도 말을 마치고 빠른 걸음으로 기자들을 벗어나는 중이다.

"박사님의 존재론적 추론은 증명된 것이 맞나요?"

"예?"

안나가 침묵한다. 이어서 깔깔 웃는 소리가 들린다.

"어떨 것 같습니까?"

"저는 잘 모르겠습니다."

윤표가 우물쭈물하자 안나가 말한다.

"제가 말하면 믿으실 건가요? 증명되었습니다. 그러니까 정확히 말하면, '자오의 존재론적 추론'이 아니라 '자오의 존재론적 증명'입니다. 사람들이 이 증명을 쉽게 이해할 수 있도록 도와줄 책을 쓰고 있습니다. 물론 언제 출판될지는 모르겠지만. 언젠가 출판되면 하나 보내드리지요."

"감사합니다. 감사합니다!"

전화가 끊어진다. 윤표가 멍하니 서 있는데, 아오가 있는 쪽에서 소란스러운 소리가 난다. 아오가 어떤 사람과 목소리를 높여 다투고 있다. 윤표가 달려가려고 하는 중에 아오와 다투던 사람이 아오의 팔을 비틀려 한다. 윤표는 안간힘을 다해 인파를 헤치고 달려간다. 카운슬러도 윤표를 따른다.

"무슨 일입니까?"

"경찰입니다." 지난번에 윤표의 집에 왔던 경찰이다.

"알겠고요. 도대체 무슨 일입니까?"

경찰이 윤표의 눈앞에 문서를 흔든다.

"뭡니까?"

"압수수색영장입니다."

"그건 집행정지 결정으로 이미 효력이 없는데, 왜 또 그러시지요?"

"다른 겁니다."

윤표가 영장을 본다. 주위가 어수선하여 글자가 눈에 들어오지 않는다. 윤표가 경찰에게 설명을 요구한다.

"새롭게 판사가 발부한 압수수색영장입니다. 한시로 X의 의식생성기를 압수하고, 한시로 X의 신체는 경찰청에 보관하라는 영장입니다."

"도대체 무슨 말인지……."

"불법으로 설치된 한시로 X의 의식생성기를 압수하기 위해, 우선 한시로 X에게서 의식생성기를 제거할 겁니다. 그리고 의식생성기가 제거되면, 한시로 X는 의식이 없는 일반 안드로이드에 지나지 않으므로 다시 그 신체를 압수할 겁니다. 그렇게 해서 헌법재판소의 결정이 있을 때까지 우리가 수면 모드로 한시로 X를 보관하라는 영장입니다. 됐습니까?"

아오가 얼굴에 경련을 일으킨다. 윤표는 아오를 보면서 진정하라는 손짓을 하고, 영장을 다시 주의 깊게 읽는다. 윤표는 경찰의 꼼수와 영장을 발부해준 법원에 화가 났다. 영장에서 일말의 허점이라도 발견하려고 두 번, 세 번 읽는다. 그러나 글자가 자꾸 눈에서 미끄러지고 흩어진다. 그때 갑자기 경찰이 소리를 지른다. 윤표가 고개를 들어보니, 아오가 도망치고 있다. 경찰이 아오를 쫓기 시작한다. 아오는 사람들을 헤치고, 법원 정문 쪽으로 달린다. 윤표와 카운슬러도 아오를 진정시키기 위해서 달려간다.

"아오! 멈춰! 제발, 진정하고 멈춰!"

탕! 탕! 타앙!

총소리를 들은 윤표가 절규한다.

"안 돼! 절대로 안 돼!"

사람들이 웅성거린다. 윤표의 귀에는 아무것도 들리지 않는다. 아무것도 보이지 않는다. 윤표는 고개를 흔들어 정신을 차리고 주위를 둘러본다. 앞쪽에 사람들이 모여 있다. 윤표는 모여든 사람들을 거칠게 헤집고 다가간다. 쓰러진 아오를 경찰이 화난 얼굴로 내려다보고 있다. 윤표는 무릎을 꿇고, 쓰러진 아오의 상체를 들어본다.

윤표의 품에 안긴 아오의 찢어진 배에서 체액이 흐르기 시작한다. 아오는 쿨럭하며 어깨를 들썩인다. 아오의 이름처럼 파란 체액은 윤표의 손을 적시고 땅으로 떨어진다. 카운슬러는 옆에서 눈물 없이 울고 있다. 윤표는 기계적으로 눈을 깜박이는 아오를 내려다보다가 고개를 들어 하늘을 본다. 하늘빛도 아오의 체액만큼이나 선명한 파랑이다.

윤표는 아오의 피처럼 푸른 하늘 아래에 우뚝 선 법원을 본다. 육중한 대리석 건물의 입구 옆에 거대한 정의의 여신상이 보인다. 두 눈을 가리고 칼과 저울을 들고 있는 모습이 아니다. 저 여신상은 두 눈을 부릅뜨고, 사나운 표정을 짓고 있다. 왼손을 앞으로 쭉 뻗었다. 오른손에는 장검을 높이 들고, 보이지 않는 무언가를 서슴없이 내리치려는 모습이다. 윤표는 아오를 안은 채 정의의 여신상을 바라보며 중얼거린다.

"저곳은 결국 인간의 법정이었을 뿐이었네. 미안하네, 정말 미안하네."

옆에 선 경찰이 윤표를 아오에게서 떼어낸다. 경찰은 커뮤니케이터를 조작해 아오를 수면 모드로 전환시킨다. 아오를 머리가 바닥으로 향하도록 눕히고 목덜미 가운데 부분을 열어 의식생성기를 꺼낸다. 경찰 한 명이 더 다가온다. 두 명의 경찰은 물건을 다루듯 거칠게 아오를 들어서 경찰용 드론에 구겨 넣는다. 드론은 수직으로 떠오르다가 재빠르게 한강 쪽으로 날아간다.

작가의 말

어렸을 적 육식을 힘들어했다. 다른 이유는 아니고 비위에 맞지 않았다. 부모님은 편식하면 안 된다는 이유로 내게 육식을 어렵게 가르쳤다. 지금은 고기를 잘 먹는다. 어제도 고깃집에서 모임이 있었다. 어린 나는 육식을 배운 것과 별개로 동네 주민이나 시장의 상인들이 동물을 학대하거나 도살하는 것을 볼 때마다 큰 상처를 받았다. 다른 존재에게 그런 끔찍한 고통을 준다는 것을 받아들이지 못했다. 나는 그들만의 정의에 사로잡힌 인간들을 자주 혐오했다. 대학 시절 그런 윤리적인 이유로 채식을 시도했으나, 단단한 결심이 없는 탓에 몇 달 가지 못하고 포기하기도 했다. 언젠가부터 동물해방과 관련된 이야기를 쓰거나 영화를 만들어보고 싶다는 생각을 했지만, 마땅한 기회가 없었다. 사람들은 그런 이야기에 큰 관심이 없어 보였고, 가끔 그런 주제로 만들어진 작품들은 동물해방론자들을 희화화시켜 묘사하는 경향이 많았다.

2018년 첫 소설 『리셋』을 출판하고 매체들과 여러 차례 인터뷰를 했다. 그때 존경하는 문인께서 '다음 작품은 어떤 것을 구상하고 있느냐'는 질문이 반드시 있을 것이라고 귀띔해주었다. 친구와 상의하다가 내 전공과 관심을 살려서 'SF 법정드라마'라고 대답하기로 마음먹었다. 여러 기자들이 실제로 그 질문을 했고, 나는 그렇게 답했다. 그후 SF와 법정 이야기를 결합한 소설의 줄거리를 구상해보았으나, 기술적으로나 논리적으로나 여러 난관이 있다는 것을 깨달았다. 그사이에 다른 소설을 구상해서 초고를 완성했다.

다른 소설을 퇴고하던 지난 가을에 몇 가지 생각이 떠올라 긴 줄거리를 완성했다. 가까운 지인들에게 보여주자 많은 격려를 받았다. 짧은 시간에 집중하여 안드로이드, 살인사건, 재판, 인간중심주의, 안드로이드의 헌법적 권리에 대하여 논리와 감정을 가다듬었다. 그것은 동물의 권리와 동물해방운동이라는 해묵은 고민을 바탕으로 전개됐다. 이 소설에서 제시된 몇 가지 철학적 명제들도 긴 시간 번민했던 것들이다. 오래된 생각들을 이 소설에서 표현할 수 있었던 것은 즐거운 경험이었다. SF라는 장르는 그런 생각을 자유롭게 표현하기에 적합한 장르였다. 내 생각과 마음이 독자들에게 긍정적으로 감염되기를 바랄 뿐이다.

2021년 2월
조광희

인간의 법정

1판 1쇄 발행	2021년 4월 5일
1판 2쇄 발행	2021년 4월 12일

지은이	조광희
펴낸이	임양묵
펴낸곳	솔출판사

책임편집	임우기
편집	윤진희 최찬미 윤정빈
디자인	오주희
마케팅	이원지
제작관리	박정윤

주소	서울시 마포구 와우산로29가길 80(서교동)
전화	02-332-1526
팩시밀리	02-332-1529
홈페이지	www.solbook.co.kr
이메일	solbook@solbook.co.kr
출판등록	1990년 9월 15일 제10-420호

© 조광희, 2021

ISBN	979-11-6020-153-6 03810